AF432858

Viehzüchter

Ein Western-Roman

Richard G. Hole

Far West

ZUSAMMENFASSUNG

Es war ein Viehzüchter gewesen, der vor zwei Jahren in einem Akt von Wagemut und Mut, ohne Angst vor Ort, Indianern, Klima und all den Pannen, die Route eröffnet hatte.

Dort hatte er sein Vieh mit Glück und Erfolg auf den Weg gebracht, denn er hatte sein ganzes Vieh losgeworden und von dort aus zogen sie los, um Städte und Dörfer zu versorgen, denen es an Fleisch mangelte, und bezahlte es zu einem guten Preis.

Einige Viehzüchter, die mit der Möglichkeit konfrontiert waren, ihr Vieh durch den Verkauf zu einem vernünftigen Preis loszuwerden, zögerten nicht, sich in die Wechselfälle der unsicheren und gefährlichen Route zu stürzen ...

VIEHZÜCHTER

KAPITEL I

WENN EIN MANN IM BLOCK IST ...

Es war das Jahr 1870, ein turbulentes Jahr in Texas und noch mehr in San Antonio, wo sich der gesamte Viehtransport in der Region konzentriert hatte.

Die langohrige Route, die Jesse Chisholm vor zwei Jahren tapfer eröffnet hatte, um Tausende von Rindern zu treiben, die wegen des Chaos, das das Ende des Bürgerkriegs verursacht hatte, niemand mit ihnen anzufangen wusste, war in vollem Gange.

Die Geschäfte auf dem weiten und langen Kriegsschauplatz waren fast lahmgelegt, es gab keinen günstigen Absatzmarkt für das Vieh; Diese hatten sich während des Krieges außerordentlich vervielfacht und die zur Hälfte erschöpften Viehzüchter bemühten sich heldenhaft, ihr Vieh unterzubringen und ihre durch den Krieg verarmten Betriebe zu ebnen.

Es war Chisholm gewesen, der vor zwei Jahren in einem Akt von Wagemut und Mut, ohne Angst vor dem Ort, den Indianern, dem Klima und all den Pannen, die Abilene-Route eröffnet hatte und dort mit Glück und Erfolg sein Vieh zu Wasser gelassen hatte, weil sie ihr ganzes Vieh losgeworden sind und von dort aus zogen, um Städte und Dörfer zu versorgen, denen es an Fleisch mangelte, und bezahlten es zu einem guten Preis.

Als die Nachricht bekannt wurde, hatten ihn im folgenden Jahr andere Viehzüchter nachgeahmt und da San Antonio der Leiter der Route war, war diese zu einer Brutstätte von Rindern, Arbeitern und anderen Elementen geworden, die als Folge des neuen Geschäfts gleich kamen als fliegt zu einer leckeren Wabe.

Einige Viehzüchter, die mit der Möglichkeit konfrontiert waren, ihr Vieh durch den Verkauf zu einem vernünftigen Preis zu entsorgen, zögerten nicht, sich in die Wechselfälle der unsicheren und gefährlichen Route zu stürzen. Zwischen dem Verhungern und dem Rechnen mit mehr als genug Vieh, um ihre Farmen wieder aufzubauen und sich nützlich zu entlarven, bevorzugten sie letzteres.

Die Peons, einige von Natur aus mutig, andere aus Notwendigkeit mutig, waren auch bereit, ihre Arbeitgeber zu unterstützen. Es war das Mittel, um ihre gefährdeten Arbeitsplätze zu sichern und eine gute Bezahlung zu erhalten, da dies dem Bemühen, einen Beitrag zu leisten, im Einklang stand.

Die Route hatte mehrere neue Geschäfte hervorgebracht, die aus dem Basisgeschäft hervorgegangen waren. Einige Rinderexperten, mit Geld, um es verwenden zu können, verfolgten die Ankunft kleiner Herden, die es kaum wert waren, sie auf die Straße zu werfen, weil die Versorgungsunternehmen nie auf dem Niveau der Gefahr sein würden, und sie wandten sich an die bescheidenen Besitzer, die sie zum Kauf anboten ihr Vieh am Fuße des Flusses.

Der zu zahlende Preis war zwar niedrig, aber viele akzeptierten ihn. Es war sicheres Geld, das die Ermüdung der Route, die Gefahr, nicht mit dem Vieh anzukommen, und die Kosten für die Bezahlung der zum Fahren zugewiesenen Peones vermeidet.

Diese Schmuggler sammelten mehrere kleine Bündel zu einem, genährt, ernst, der Anstrengung und dem Risiko würdig, und als sie vier- oder fünftausend Rinder gesammelt hatten, warfen sie sich auf dem Weg nach Abilene in die Prärie.

Und unter dem Schutz dieser Flutwelle mangelte es nicht an Arbeitern, die zum Geruch der Pfeifen kamen, um sich dort mit gutem Lohn einzuschreiben. Sie wussten um die Gefahren, aber sie wussten auch, dass am Ende der Route viele Dollars auf sie warteten und ein Viehdorf, wo ihnen alle möglichen Laster und Ablenkungen angeboten wurden, wo sie diese Dollars ausgeben konnten und ihre Müdigkeit ausgleichen. des Fahrens.

Aber sie waren nicht alle Bauern im eigentlichen Sinne des Wortes. Es gab auch viele Abenteurer, skrupellose Leute, Deserteure von den Armeen, die auf Anhieb durch Texas gewandert waren, wenn nicht sogar zum Angriff auf das, was sie auf dem Weg fanden, und Absolventen der Armee, die ohne Beruf, weil Jobangebote rar waren, zeigten sie sich bereit, ihr Glück mit den reisenden Teams zu versuchen, da viele Pakete ohne genügend Personal für die Route ankamen.

Andere kamen mit weniger edlen Absichten. Es war von einigen kleinen Fahrern bekannt, die, nachdem sie Männer, die sich wahllos Arbeiter ohne Arbeit nannten, angeheuert hatten, nachdem sie San Antonio mitten auf der Straße zurückgelassen hatten, sich verschworen hatten, die von ihnen gefahrenen Bündel zu beschlagnahmen, um ihre Besitzer und süchtigen Arbeiter zu beseitigen . , um sich als Besitzer zu etablieren und mit dem Vieh nach Abilene zu kommen, wo sie es verkauften, um ein großes Geschäft zu machen.

Und es gab auch einige organisierte Banden, die auf der Suche nach Gelegenheiten die Ankunft der Hatajos ausspionierten, erfuhren, wie viel ihrem unedlen Geschäft nützte und im passenden Moment auf die Hatajos hereinfielen und wenn sie nicht genug hatten Männer Um sie zu verteidigen, packten sie sie in der offenen Prärie und setzten ihre Fahrt fort, bis sie in Abilene liquidiert wurden.

Es gab verschiedene andere Arten von Raubüberfällen, denen die unhöflichen Viehbesitzer immer zum Opfer fielen, aber mit den oben genannten genügt es, das moralische Klima zu erkennen, das im Frühjahr des Jahres 1870 in San Antonio herrschte.

Und obwohl nichts über diejenigen gesagt wurde, die unter dem Deckmantel des Glücksspiels und der nächtlichen Raubüberfälle lebten, gegen die sie bekanntermaßen

Beute anboten, gehörten sie auch zu der Fülle von Unerwünschten und Ausbeutern, die sich in der bevölkerungsreichen Stadt niedergelassen hatten.

Und sie konnten nicht ohne kühne Bewaffnete sein, die wie die Thompsons und einige andere ihre Hegemonie in der Stadt ausübten, ohne dass jemand es wagte, sich ihnen entgegenzustellen, weil der Versuch so gefährlich sein konnte.

Unter den härtesten und gefährlichsten, die in diesem Jahr die Stadt regierten, indem sie ihr Gesetz und ihre Gewalt auferlegten, ragte Gregory Scott heraus, ein großer, gut gebauter, dunkler Mann mit glänzenden schwarzen Augen, einem schmalen und seidigen Schnurrbart, dünnen Lippen und grausamen und ausgeprägtes Kinn. Er kleidete sich sehr elegant und besaß feine Hände mit langen, gepflegten Fingern, die ihn als Profi im Kartenspielen denunzierten.

Von Gregor war absolut nichts bekannt. Er war in San Antonio als lodernder Meteor zu Beginn der Route aufgetaucht und hatte sich in weniger als zwei Jahren zur beliebtesten und gefährlichsten Figur in San Antonio entwickelt.

Er hatte angefangen zu spielen, um später einen Spieltisch in einer wichtigen Spielhölle der Stadt zu betreiben. Später gab er den Tisch auf, und es war nicht mehr möglich, seine Aktivitäten zu definieren, obwohl man sagte, dass er einer der Hauptförderer des beginnenden Geschäfts war, Vieh von Viehzüchtern zu kaufen und es dann zu Abilene zu schicken Männer, denen er vertraute.

Davon hatte er immer etwas zur Retorte. Sie waren sein Ehrenhof und auch seine Leibgarde, und wenn Gregory persönlich gefährlich war, war er mit dieser Eskorte unverwundbar.

Aber es war nicht nur Gregory, der in San Antonio einen verderblichen Einfluss ausübte. Es gab andere Anführer oder Gruppenführer, die sich illegalen Geschäften verschrieben hatten, obwohl sie anscheinend, um Zusammenstöße zu vermeiden, die ihnen nicht nützen, die Felder abgegrenzt hatten und darauf achteten, nicht um die schwerwiegenden Konsequenzen zu konkurrieren, die ihnen zugefügt werden könnten.

Zu den bekanntesten gehörte ein Mann namens Woodrow Harding, ein ziemlich dicker Mann von mittlerer Größe, Mitte Dreißig, mit einem unangenehmen Gesicht, obwohl er nicht annähernd an Gregorys Größe heranreichte. Er war schroff, kämpferisch und rühmte sich, ein Cowboy gewesen zu sein, um später in die Armee des Südens einzutreten, von der er in der Nachkriegszeit desertiert war, um ein Ranchräuber zu werden.

Zu Beginn der Route hatte er mit einigen von denen, die seine marodierende Bande bildeten, in San Antonio Halt gemacht und sich mit ihnen dem Herumschnüffeln in Tavernen und Spielhallen verschrieben, um die Geldverdiener zu notieren oder in die Stadt, um sie zu verfolgen. wie wilde Tiere und greifen sie an, wenn die Gelegenheit günstig war, und berauben sie ihres Geldes, wenn sie nicht des Lebens sind.

Als Stammgast an den gefährlichsten Orten in San Antonio hatte er Gregory kennengelernt und war ihm gegenüber unterwürfig und kriecherisch gewesen. Seine Idee war es, Gregory davon zu überzeugen, mit ihm zusammenzuarbeiten und Teil seiner Viehzuchtorganisation zu werden. Harding verstand, dass es sich um ein größeres und gesünderes Geschäft handelte, und da er es nicht wagte, sich dem gefährlichen Schützen zu stellen, tat er so, als würde er an seiner Seite arbeiten und bot an, einen Betrag zum Geschäft beizutragen, wenn Gregory zustimmte.

Letzterer hatte die Sache verzögert. Im Moment brauchte er keine Partner, da es ausreichte, um sein Geschäft zu organisieren, und da er Leute hatte, die seine Aufträge mit Gewissheit abstellten, dass sie ausgeführt werden, musste er keine Gewinne ausschütten, die keine Hilfe brauchten Sie.

Andererseits war kürzlich etwas passiert, das Gregory nicht gefiel. Seine Männer hatten einen Kerl mit ein paar tausend Dollar entdeckt, der es für Vieh ausgeben wollte, und Gregory plante eine Falle, um diesen Betrag von ihm zu reinigen, ohne ihm dafür auch nur das Horn eines Geweihs zu geben.

Aber bevor sein Plan Wirklichkeit wurde, hatte Harding das Geld des Kerls erschnüffelt und eines Nachts, als er ins Gasthaus ging, wurde er des Geldes beraubt und beraubt, nachdem er ihm einen gewaltigen Hintern auf den Kopf gegeben hatte, der ihn sinnlos machte Straße. Niemand wusste, wer den Raubüberfall begangen hatte, aber Gregory hatte den starken Verdacht, Harding für den Raubüberfall beim Dealer verantwortlich zu machen, und das war etwas, das er nicht verzeihen wollte, weil sein Stolz es niemandem erlaubte, auf ein gutes Geschäft zu treten.

Gregory hatte versucht, die Wahrheit über den Raubüberfall aus Harding herauszubekommen. Er wollte die Gewissheit haben, dass er nicht falsch lag, um zu wissen, was ihn später erwartete.

Aber Harding hatte mit einem rätselhaften Lächeln geantwortet:

„Ich weiß nicht, wovon du redest, Gregory.

„Ich glaube, ich habe perfektes Englisch gesprochen.

„Nun ja, aber…, denkst du nicht, dass jedermanns Sache persönliche Dinge sind, von denen er sich nicht bewusst sein sollte? Wenn ich Sie nach bestimmten Dingen fragen würde, würden Sie mir etwas Ähnliches erzählen.

Gregory erkannte, dass er ihn nicht zum Sprechen bringen würde und antwortete:

»Ich habe Sie nicht darum gebeten, sich in Ihre Angelegenheiten einzumischen, Harding. Es schien mir, als hätte der Überfall Ihren Stempel aufgedrückt, und deshalb habe ich ihn kommentiert. Ich denke, wie Sie sagen, ist es besser, über etwas anderes zu sprechen.

"Einverstanden. Wir alle verteidigen uns so gut wir können und in dieser Hinsicht tragen Sie den wichtigen Teil.

„Hat es mir jemand gegeben? Ich habe gewusst, wie man mein eigenes Geschäft gründet, und ich verteidige es, wie Sie es tun. Es ist für alle da.

Das Gespräch war damit beendet, aber Gregory war überzeugter als zuvor, dass Harding das Geschäft vermasselt hatte.

Und wie Harding war er in Gefahr, obwohl er ein ziemlich hartes und gefährliches Element war.

Und Harding, der misstrauisch und schlau war, musste erraten haben, dass die Frage etwas Bedrohliches für ihn war und war auf der Hut. Mit Gregory konnte man nicht spielen, und wenn er wegen etwas, das ihn betraf, mit ihm darüber gesprochen hatte, musste er sehr wachsam leben, um nicht von seinem Rivalen mitgerissen zu werden.

Zwei Tage später, kurz vor Sonnenuntergang, betrat Gregory "El Caballo Salvaje", eine Bar-Glücksspielbude, die er regelmäßig besuchte, und entdeckte dort Harding. Als er ihn sah, wurde er etwas steif, aber er begrüßte ihn mit einem Lächeln, das einfangen wollte, und lud ihn ein:

»Haben Sie etwas für mich, Gregory.

"Danke, gib mir einen "Whisky".

Er ging auf die Bar zu, wo das Getränk serviert wurde.

Hardin fragte:

„Wie ist es um diese Stunde?

"Ich nehme mir Zeit bis acht Uhr, um meine Freunde in "The Silver Dollar" zu treffen. "

„Ich habe bis später auch nicht viel zu tun. Möchten Sie beim Pokern die Zeit totschlagen?

Gregory wollte sich weigern, aber er dachte schnell nach und antwortete:

„Nun, ich muss die Zeit mit etwas totschlagen.

Harding bestellte ein Deck und zwei weitere Gläser "Whisky" und zeigte auf einen Tisch, an dem sie serviert werden sollten.

Das Spiel begann und nach einer Weile der Fluktuation gewann Gregory mehrere Hände hintereinander.

Harding beschuldigte den Verlust, ohne zu blinzeln. Er muss an die Höhen und Tiefen des Glücks gewöhnt sein und die Nerven gehabt haben, seine Marmeladen zu ertragen.

Kalt und teilnahmslos spielte er weiter, während Gregory mit einem leichten und seltsamen Lächeln die Höhen und Tiefen des Spiels nicht zu kennen schien und die Einsätze unbekümmert akzeptierte.

Doch wenig später wurde der Spieß umgedreht. Gregory begann zu verlieren, und während er dieselbe sorglose Haltung beibehielt, verfolgte er mit Interesse die Ereignisse des Spiels.

Von Zeit zu Zeit, während sein Gegner schlurfte, bewegte er die Goldmünzen auf dem Tisch und ließ sie einfach hintereinander an seinen zangenförmigen Fingern entlanggleiten, er wusste, welche in den Stapeln waren.

Bis einer der Tricks fertig war, schob er die Karten und sagte leise:

„Lass es uns einfach so belassen, nicht wahr?

„Wie du willst. Es scheint, dass du es jetzt, wo du verlierst, nicht so magst.

„Nein, das mag ich nicht. Ich habe dich mich acht Hände hintereinander schlagen lassen, indem du mich betrogen hast, und während ich mit deinem Geld gespielt habe, kann ich es zugeben. In meinem Fall wäre es etwas anders.

„Hast du achtmal gesagt?

„Fair. Glaubst du, ich habe es nicht bemerkt?

"Ich habe es vermutet, aber Sie werden nicht leugnen, dass es so viele Tricks gegeben hat, wie Sie mir am Anfang gemacht haben. Ich habe es auch gemerkt, aber ich war zuversichtlich, mein Geld zurückzubekommen. Wenn nicht ...

„Was wäre passiert?", fragte Gregory leise.

"Wer weiß!

„Sie, die Sie die Drohung gestartet haben.

„Es ist besser, es dabei zu belassen. Nichts ist passiert und...

„Ich mag keine Männer, die sich umdrehen, nachdem sie ihre Zunge losgelassen haben. Wenn du drohst, musst du den Kerl unterstützen oder du setzt dich aus, um als Schweinefeige bezeichnet zu werden.

Harding, der die Beleidigung hörte, erkannte, dass sein Gegner diesen Satz nur zum Zwecke des Kampfes provoziert hatte und ihm, da er ihn kannte, nicht den geringsten Vorteil verschaffen wollte. Er sprang auf die Füße und legte die Hand an die Seite, während Gregory sich nicht von seinem Platz rührte, ein wenig vom Tisch entfernt.

Aber Harding hatte nur Zeit, den "Colt" herauszuholen, denn als er ihn benutzen wollte, war es spät. Gregory, der von seinem Sitz aus nur seine Hand bewegte und die

Waffe kippte, hatte abgefeuert und zwei Kugeln in den Bauch seines Gegners geschossen.

Sein Revolver war bereit, abgefeuert zu werden, ohne ihn ziehen zu müssen. Die Spitze des Holsters war abgeschnitten und der Abzug freigelegt, so dass er durch einfaches Fallenlassen der Hand schießen konnte.

Harding stöhnte vor Schmerzen und fiel flach auf den Tisch, wobei er die Münzen vor sich verstreute.

Das Geld fiel mit einem lauten Klirren zu Boden, und Harding, der sich seitwärts beugte, fiel ebenfalls und krümmte sich im Todeskampf.

In der Bar brach ein großer Tumult aus. Die Kunden eilten zu dem Tisch, an dem die dramatische Szene stattgefunden hatte, als Gregory kalt dastand und alle trotzig ansah.

„Erschrecken Sie nicht, meine Herren, dass nichts passiert ist. Diese Kröte erlaubte sich, gewisse Drohungen gegen mich auszusprechen, und ich lud ihn ein, sie wie Männer zu unterstützen. Wie Sie sehen, habe ich ihn den Revolver herausnehmen lassen, aber er muss Blei in der Hand gehabt haben und hat es nie benutzt. Jedenfalls reicht die Absicht, es gegen mich zu verwenden, und sie haben es miterlebt. Es tut mir leid, aber ich bin kein Mann, dem man Straffreiheit drohen kann.

In völliger Ruhe, sicher, dass niemand einen Finger rühren würde, um die Gefallenen zu verteidigen, erstens weil sie nichts mit ihm verband und zweitens, weil er bekannt war, dass er nicht ignorierte, wie gefährlich es war, sich ihm zu stellen, verließ er die Bar und ging Harding stirbt.

Die Zeit, ihm das Geschäft in Rechnung zu stellen, das auf ihn getreten war, war gekommen, und er würde ihm nicht länger im Weg stehen, indem er ihn bei einem neuen Geschäft scheitern ließ.

Er ging direkt zu "The Silver Dollar", wo einige seiner Männer auf ihn gewartet haben müssen und sobald er sich ihnen näherte, sagte er:

„Ich habe Harding gerade in ‚The Wild Horse' gedreht.

"Ein schöner Job, Boss", kommentierte einer mit Pockennarben den Spitznamen "El Pecas". Ich war alleine?...

„Ja", er lud mich zu einem Spiel ein und ich nutzte die Gelegenheit, um mitzumachen. Ich habe ihn ein paar Mal betrogen und er hat sie erwidert, indem er sie mir zurückgegeben hat. Wir hatten ein paar Worte und er drohte mir. Ich ließ ihn den Revolver herausnehmen, aber sonst nichts. Er fiel mit zwei Unzen Blei im Bauch. Ich weiß nicht, ob der "Sheriff" es wagen wird, gegen mich zu intervenieren, oder ob jemand, der die Szene beobachtet hat, erklären kann, dass Harding den Revolver gezogen hat, aber falls es niemand tut, müssen Sie Zeugen sein, dass er mich provoziert hat und er zog seine Waffe, um zu schießen. Damit wird es reichen.

„Nun, Boss, als ob wir es miterlebt hätten.

Gregorys Prognose war vernünftig, denn eine Stunde später tauchte der "Sheriff" in Begleitung eines Kommissars bei "The Silver Dollar" auf, um nach Gregory zu suchen.

"Was wollten Sie von mir, Sheriff?" fragte er träge.

„Ich suche dich. Ich beschuldige ihn, Woodrow Harding in "The Wild Horse" getötet zu haben.

„Nun, hat dir niemand erzählt, wie das Set passiert ist? Harding beleidigte mich und zog seinen Revolver heraus. Ich würde nicht zulassen, dass er mich kaltblütig umbringt. Es gab mehr als zwanzig Zeugen, die die Szene miterlebt haben, und darunter alle, die hier sind. Reichen sie nicht?

„Alle? Waren sie anwesend?

"Zweifeln Sie daran, oder?", antwortete der "Sommersprossen". Nun, wenn Sie wollen, können wir die Szene für Sie rekonstruieren und es scheint mir, dass wir genug sind, damit niemand Gregory vorwerfen kann, die Initiative.

Der "Sheriff", angespannt, sah alle an und antwortete:

„Sehr wertvolles Alibi, Gregory, aber es wird nicht immer so kommen. An dem Tag, an dem es fehlschlägt, bereiten Sie sich vor, denn Ihr Hals könnte in Gefahr sein.

KAPITEL II

DER KAMPF UM DIE EXISTENZ

McClellan war ein Rancher, dessen Besitz sich in Encinal befand, einer Stadt in Südtexas, etwa vierzig Meilen vom Rio Grande entfernt.

Der Krieg war eine Katastrophe für McClellan, zuerst wurde er fast vollständig verlassen, weil seine Bauern, alles temperamentvolle junge Männer, Teil der Nordarmee geworden waren, und später, als der Krieg vorbei war, versuchte er verzweifelt, seine Ranch wieder aufzubauen erlitt verschiedene Angriffe von Banden von Gesetzlosen, die die Region durchstreiften und verlor eine Menge Vieh, weil nicht genügend Männer zur Verteidigung seiner Interessen zur Verfügung standen.

Einige seiner Bauern starben heldenhaft im Kampf an der Front und andere kehrten nicht zurück, vielleicht weil ihre Pläne nach Kriegsende ganz anders waren als die, die sie vor Kriegsbeginn liebkosten.

Derjenige, der zu ihm zurückkehrte, war Saúl Perkins, der vor kurzem sein Vorarbeiter gewesen war. Saúl schätzte seinen Arbeitgeber sehr, weil er sich sehr gut mit ihm benommen hatte und weil er aufgrund seines liebevollen und verständnisvollen Charakters es verdiente, solchen guten Eigenschaften zu entsprechen.

Abgesehen davon hatte Saúl einen tieferen Grund, sich mit McClellans Ranch verbunden zu fühlen; der Grund war die Tochter des Ranchers, die er kennengelernt und behandelt hatte, als er kurz vor seinem fünfzehnten Geburtstag als Lehrling auf die Ranch kam.

Barbara McClellan war also ein kleiner Zwölfjähriger, schlank, nervös, mit verfilzten blonden Haaren, einer hochgeschlagenen Nase und einem lebhaften, spitzbübischen Genie, das mit seinem Unfug die Bullen zerstampfen konnte.

Ohne selbst zu wissen, warum, fühlten sie sich in ihrer zarten Jugend angezogen und Barbara suchte Saúl viele Male auf, um ein Komplize in ihren Possen zu werden, und mehr als einmal nahm Saúl die Schuld auf sich, um zu verhindern, dass Barbara von ihrem Vater bestraft wurde.

Saúl wuchs auf, er wurde vom Lehrling zum Arbeiter und später, als sein Bart seinen Teint überschattete und er sich wie ein Mann in Wesen und Kraft fühlte, erkannte er zwei sehr elementare Dinge: Zum einen, dass er genauso gewachsen war und gewachsen war zu einem erwachsenen Mann geworden, hatte Barbara auch aufgehört, ein Mädchen zu sein, eine sehr attraktive kleine Frau zu werden, die von Genie lebte, so schelmisch und schelmisch wie in ihrer Pubertät, aber eine Frau, die nicht mehr wie ein Mädchen behandelt werden konnte.

Und Saúl erkannte auch, dass er im Laufe der Zeit sehr von dem Mädchen beeindruckt war und dass dies eine sehr ernste Angelegenheit war, über die er tief nachdenken musste, denn trotz der Anziehungskraft und Sympathie, die sie immer vereint hatten, war die Differenzposition ein unüberwindliches Hindernis, um die bis dahin reine und einfache Freundschaft in eine ewige Vereinigung zu verwandeln.

Und da das Alter des Spiels und des Unfugs beide schon hinter sich gelassen hatte, verlangten gute Umgangsformen eine andere Behandlung und ein ihrer persönlichen und finanziellen Situation angepasstes Verhalten bei ihr.

Für Saúl war es eine Qual, seine Triebe stoppen zu müssen und die junge Frau mit der Sparsamkeit und dem Packen zu behandeln, die sie nie behandelt hatten, und sie hatte, vielleicht instinktiv, auch viele Dinge erkannt, seine verrückten Triebe gestoppt und war vorsichtig, ihn zu behandeln mit einem sehr ausgeprägten freundlichen Gefühl, aber die Distanzen einhaltend, die sein Alter erforderte.

Sie war in einem Alter, in dem jeder unfreiwillige Exzess falschen Interpretationen oder Gerüchten weichen konnte, die ihrem guten Namen schadeten, und das brachte sie in eine soziale Situation, die als eine Frage des Anstands respektiert werden musste.

Und so brach der Krieg aus, als Saul sechsundzwanzig Jahre alt war und Barbara dreiundzwanzig wurde.

Saúl war für weniger als ein Jahr zum Vorarbeiter befördert worden. Derjenige, der das Team viele Jahre lang regierte, hatte sich zurückgezogen, um bei einer verheirateten Tochter zu leben, da ihm bereits die Fähigkeiten für eine so harte Mission fehlten und der Rancher verstand, dass niemand besser als Saúl sein Team führen konnte.

Er war auf der Ranch aufgewachsen, hatte innerhalb seiner Mission geeignete Qualitäten gezeigt und kannte ihn als ehrlich und loyal wie nur wenige andere.

Aber einige Zeit nach Ausbruch des Konflikts, als die Regierung erkannte, dass dies von großer Bedeutung war, begann sie, Männer für den Kampf zu mobilisieren, und eines Tages wurde Saúl wie viele andere seines Alters einberufen.

Der junge Mann musste resignieren. Er hatte keine Angst vor Krieg, aber es war eine große Schande, sich von Barbara zu trennen. Obwohl er keine Hoffnung auf sie hatte und es ein Trost war, sie bei sich zu haben, sie jeden Tag zu sehen und ihre Betrachtung zu genießen.

Und da das Mädchen es nicht eilig zu haben schien, sich einem Mann zu verpflichten und der Schatten einer Rivalin ihn nicht störte, empfand er vielleicht deshalb mehr Schmerz, von ihr getrennt zu sein.

Aber Pflicht war Pflicht, und Saul zögerte nicht, dem Ruf zu gehorchen und sich an dem Ort zu melden, an dem er in die Reihen aufgenommen worden war.

McClellan schickte ihn mit Schmerzen weg, denn die Abwesenheit des Jungen war für ihn ein sehr empfindlicher Verlust.

Auch Barbara war von seinem Weggang betroffen. Schließlich waren sie seit ihrem zwölften Lebensjahr zusammen aufgewachsen und es gab viele schöne Erinnerungen in der Erinnerung der jungen Frau, in solch bedeutsamen Momenten nicht dabei zu sein.

Sie entließ ihn mit einem kräftigen Händedruck und sagte mit sehr verlegener Stimme:

„Auf Wiedersehen, Saúl, ich hoffe, dass das Glück für Sie günstig ist und dass Sie nicht lange zu uns zurückkehren. Du weißt, wie sehr du auf diesem Bauernhof geliebt wirst und wir werden dich sehr vermissen.

Er wollte gerade schreien, dass er derjenige sei, der sie sehr vermissen würde, aber er hielt sich zurück und versuchte, seine Stimme fester zu machen, und antwortete:

„Vielen Dank, Chef; Vielen Dank, Frau Barbara. Ich werde mich auch sehr an Sie erinnern und hoffe, dass Gott mir das Glück gibt, wieder auf diesen Bauernhof zurückzukehren, der für mich mein wahres Zuhause war.

Saúl trat einem Kavallerieregiment bei und nahm an vielen gefährlichen Aktionen teil. Sein Mut, seine Entschlossenheit und sein patriotischer Geist brachten ihm viele Sympathien bei seinen Chefs ein und für Kriegshandlungen gewann er zuerst die Insignien des Gefreiten und später die des Unteroffiziers.

Und mit ihnen in Uniform erhielt er am Ende des Krieges seinen Führerschein und tauchte mit Stolz auf McClellans Ranch auf, sobald er die Chance hatte, nach Texas zurückzukehren.

Der Empfang war sehr liebevoll, aber er erkannte bald, dass der Krieg auch den Rancher getroffen hatte, wenn auch nicht materiell, aber in moralischer und wirtschaftlicher Hinsicht. Das kaputte Geschäft, gelähmt, ruinierte ihn halb und er musste die Qualen des Fegefeuers durchmachen, um in Würde über Wasser zu bleiben.

Nur wenige Peons kehrten auf ihre Posten zurück, aber da das Geschäft nicht ausreichte, um das gleiche Team zu halten, reichten sie aus, auch wenn sie knapp waren.

Vieles Vieh war verloren gegangen, weil es an Pflege fehlte und es keine Männer gab, die es bewachten. Das Vieh war über das ganze Gebiet verstreut, aber in freier Wildbahn wegen der allumfassenden Freiheit, die es seit vielen Monaten genossen hatte.

Saúl arbeitete hart, um die Hacienda ein wenig zu reorganisieren und die Herden zu vergrößern, aber als sie erfolgreich waren, schlugen die vielen unerwünschten Banden, die die Region verwüsteten, mehrere Schläge gegen die Weiden, beschlagnahmten das Vieh, um es nach Mexiko zu bringen und um jeden Preis zu verkaufen . , da alles ein Gewinn für die Viehdiebe war.

Personalmangel hinderte sie daran, Plünderern entgegenzutreten und Raubüberfälle zu verhindern. Bei einem dieser Angriffe verloren sie einen Bauern und Saul wurde in den Arm geschossen, was ihn drei Wochen lang inaktiv ließ. Es sah aus wie ein Schiff voller Löcher, in denen das Wasser zu sinken drohte.

Aber die Hartnäckigkeit, die sie ermutigte, war außergewöhnlich, und sie kehrten zum Angriff zurück und arbeiteten intensiv daran, das Verlorene wiederherzustellen.

Die Zeit verging, die Normalität schien allmählich Einzug zu halten, und obwohl es immer noch Banden gab, die über das gesamte Gebiet verstreut waren, waren einige vernichtet und andere zerfielen und verbreiteten ihre Elemente auf andere Sektoren.

Aber als es so aussah, als würde sich die Erholung konsolidieren, tauchte ein weiteres Problem auf. Die Viehgeschäfte waren fast tot, jetzt schien es, als ob es ziemlich viel Vieh gab. aber es fehlten käufer. Das Geld war knapp, die Märkte waren desorganisiert, und wenn sich jemand zum Kauf entschloss, verlangten sie, dass die Hörner dorthin geliefert wurden, wo sie die sichersten Orte nannten.

Und das war für die Viehzüchter sehr gefährlich, denn das Vieh durch verlassene Gebiete zu treiben bedeutete so viel, wie den Dieben die Möglichkeit zu geben, ihre Wege abzuschneiden und sich die Bündel ungestraft anzueignen.

Angesichts dieser Situation organisierte die Kühnheit und Aggressivität von Jesse Chisholm die Fahrt nach Abilene, wo das gesamte Vieh, das dort ankam, zu einem Preis gekauft wurde, wenn nicht großartig, ja lohnend, denn von dort aus wurden die Hörner wurden nach Dodge City, Wichita und später in den Osten getrieben, um die großen Städte zu versorgen, denen es an Fleisch mangelte.

Bald verbreitete sich die Nachricht vom Erfolg und im darauffolgenden Jahr, zu Beginn des Frühlings, sammelten einige verzweifelte Viehzüchter aus dem südlichen Teil so viel Vieh wie möglich und machten sich damit auf den Weg. Sie würden eine Karte ausspielen, die ihnen, wenn es gut ginge, sehr helfen würde, die prekäre Situation zu retten.

Einige hatten Glück, andere nicht, aber insgesamt hatte sich das Bild aufgeklärt. Mit Organisation und Stärke hatten die Viehzüchter einen herrlichen Markt, auf dem sie ihr Vieh verkaufen konnten, während sich die Normalität im gesamten Gebiet ausbreitete.

Als McClellan von all dem hörte, versuchte er, so viele Details wie möglich zu erfahren. Auch er spielte mit dem Gedanken, sein Glück zu versuchen, indem er sein Vieh auf die Straße warf.

Wenn er zwischen Frühjahr und Sommer zwei Fahrten machen könnte, würde er die Situation als gerettet betrachten und so bis zum nächsten Jahr warten, um größere Fahrten zu organisieren.

„Eines Tages hatte McClellan die Gelegenheit, mit einem Bassin Rancher zu sprechen, der gerade aus San Antonio zurückgekehrt war.

Der Rancher gab ihm sehr interessante Details seiner Reise.

"Ich" erzählte ihm, "ich bin mit tausendeinhalb Hörnern nach San Antonio gefahren. Ich war entschlossen, diesen infernalischen Weg zu gehen, von dem ich weiß, dass er in vielerlei Hinsicht extrem gefährlich ist, aber bevor ich verzweifelt in die Prärie ging, lernte ich etwas, das Ich dachte, das sei interessanter und sicherer und habe die Route aufgegeben.

„In San Antonio erzählten sie mir, dass es einige Händler gab, die kleine Bündel kauften und dann selbst große Fahrten organisierten. Es gibt Elemente, die bereit sind, sich den Gefahren des Autofahrens zu stellen, und die Jugendarbeit ist für sie kein Problem.

„Natürlich bezahlen sie sie relativ schlecht. Sie sagen, dass sie in Abilene zwischen achtzehn und zwanzig Dollar pro Kopf handeln; aber du musst sie dorthin bringen. Menschenhändler zahlen in San Antonio zwischen acht und zehn Dollar, und das Risiko, Abilene mit ihnen zu erreichen, ist der Gewinn zwischen dem, was sie bezahlen und dem, was sie später für jedes Rindfleisch verlangen.

„Und die Wahrheit ist, dass es das Problem für mich gelöst hat, obwohl es schlecht bezahlt wurde. Sie haben mir neun Dollar bezahlt und ich habe die drei Monate der Route und all die Gefahren, die sie birgt, vermieden, weil man sich auf die Indianer verlassen muss, mit dem Wassermangel, der Hitze, den dort schrecklichen Gewittern und den Gangs von Räubern, die auf den Schritt der schwachen Menge gehen, sicher, die knappe Peonage, die sie führt, besiegen zu können. Und es waren ungefähr dreizehntausend Dollar, was für mich sehr gut war, um die Situation zu retten. Ich beabsichtige, noch einmal tausend zu sammeln und nach San Antonio zurückzukehren, bevor die Saison der Route endet, denn sobald der Winter kommt, kann sie nicht mehr mit Vieh durchquert werden."

McClellan nahm alles, was sein Partner ihm erzählt hatte, gut zur Kenntnis, und ohne Zeit zu verlieren rief er Saúl an und berichtete ihm von seinem Gespräch mit dem Rancher.

Saulus fragte:

"Was meinst du damit?

„Dass es für mich eine Lösung wäre, mich in San Antonio mit tausend Rindern als Test präsentieren und verkaufen zu können, wie es unser Nachbar getan hat. Wenn sie mich wie er bezahlen und sogar einen Dollar weniger, würde ich sie verkaufen, denn acht- oder neuntausend Dollar in der Hand würden viele meiner Probleme lösen, für die es im Moment keine Lösung gibt.

"Und ich wollte deine Meinung wissen, bevor ich mich auf das Abenteuer begebe."

Saul dachte einen Moment nach und antwortete dann:

„Wenn Sie glauben, dass dieser Betrag absolut korrekt ist und Ihre Situation rettet, erscheint es mir logisch, dass Sie darin die Lösung des Problems sehen, obwohl Sie wissen, dass Sie mit diesem Verkauf Geld verlieren.

„Ich weiß, aber es ist besser, ein wenig zu verlieren, als zu sinken. Wenn es besser wird, werden wir weiter den Kopf heben, bis wir zur Normalität zurückkehren und mit dem Geld kann ich eine gute Verschnaufpause einlegen.

„Okay, aber haben Sie sich etwas sehr Interessantes einfallen lassen, das alles komplizieren könnte?

"In was?

„Damit haben Sie in San Antonio kein einziges Mal einen Käufer für sie gefunden. Was würde er dann tun, sie zurückbringen, die Dinge komplizierter machen oder einfach blind auf die Straße gehen?

Der Rancher erstarrte bei der Warnung seines Vorarbeiters. Daran hatte er nicht gedacht. Schließlich antwortete er:

„Ich glaube nicht, dass ich so viel Pech habe. Mein Nachbar hat mir erzählt, dass es mehrere Händler gibt, die das Vieh kaufen und einige würden es behalten, auch wenn sie beim Verkauf mehr verlieren müssten.

„Lass uns darauf vertrauen, dass dies der Fall ist, aber ich bestehe darauf, dass du an alles denken musst. Was würden Sie tun, wenn Sie sie dort nicht verkaufen würden?

„Die Wahrheit ist, dass ich es nicht weiß.

„Nun, Sie sollten darüber nachdenken, bevor Sie ein einzelnes Geweih von der Weide nehmen.

„Du kannst dich nicht auf dieses Abenteuer einlassen, das dich für mindestens vier Monate von der Ranch fernhalten würde. Er kann seine Tochter nicht allein lassen und riskiert, von einer mächtigen Bande angegriffen zu werden und sein Vieh und, wer weiß, ob sein Leben, in der Firma zu verlieren.

„Ich habe keine Angst vor den Wechselfällen der Route, solange sie die natürlichen sind, die ein Mann besiegen kann, aber ich trage nicht die Verantwortung, mich mit tausend Hörnern und nur vier Männern, die ich tragen könnte, zu starten, weil Wenn sie uns angreifen, nein, sie sind Kräfte, um sich einer mächtigen Band entgegenzustellen, und alles wäre verloren und du und ich, ich denke, es wäre zu viel, um es für die Möglichkeiten aufzudecken, die ich aufgezeigt habe.

„Das ist das Problem, das Sie studieren müssen. Wenn er es studiert und sich entschieden hat, werden wir reden. "

McClellan studierte es und suchte nach der Zwischenformel.

„Ich habe mich bereits entschieden, Saul. Wir werden das Vieh nach San Antonio bringen und versuchen, es zu verkaufen. Wenn uns das nicht gelingt, werden wir zu ihnen zurückkehren und es sein lassen, was Gott will.

„Ist das Ihre feste Entscheidung?

„Ich habe keinen anderen, Saúl. Wenn ich nicht versuche zu schwimmen und den Kopf aus dem Wasser hebe, ertrinke ich. Wenn ich also ertrinken muss, liegt es nicht daran, dass ich versuche, über Wasser zu kommen.

Gehst du alleine?

„Nein. Ich möchte, dass du mit mir kommst, falls ich dich brauche.

„Und wer kümmert sich um das und seine Tochter?

„Ich habe darüber nachgedacht. O'Hara, der bis zu seiner Pensionierung mein Vorarbeiter war, wohnt in der Nähe, tut nichts, und ich bin sicher, er würde hier bleiben und sich darum kümmern, ohne mit dem Vieh arbeiten zu müssen werden fünf Bauern hinterlassen und wir werden vier nehmen.

„Hast du schon mit O'Hara gesprochen?

„Nein, bevor ich Sie konsultieren wollte.

„Ich für meinen Teil bin entschlossen, das zu tun, was Sie bestellen. Sprechen Sie mit ihm und wenn er annimmt, werden wir die besten Rinder auswählen, um zu sehen, ob sie gut aussehen, und sie werden uns zehn Dollar zahlen. Während der Reise werden wir versuchen, das Beste daraus zu machen.

"Einverstanden. Ich werde heute mit O'Hara sprechen.

Der ehemalige Vorarbeiter hörte sich McClellans Gründe an und bot an, auf die Ranch zu ziehen und sich in die Obhut von Barbara und den Mechanikern der Farm zu geben. Er war ein energischer Mann, hatte Autorität und war für seine Praxis in diesem Job bekannt.

Als Barbara von der Entscheidung ihres Vaters erfuhr, schien sie nicht sehr glücklich zu sein.

„Ich mag diese Reise nicht, Dad", sagte er. Ich denke, San Antonio ist gefährlich geworden und Ihnen könnte etwas Ernstes passieren.

„Ich werde versuchen, nicht an gefährliche Orte zu gelangen, meine Tochter. Außerdem kommt Saúl mit mir und ich werde vier Arbeiter mitnehmen, die sich um das Vieh kümmern. Denken Sie daran, dass die wirtschaftliche Situation, die wir durchmachen, sehr kritisch ist und dass ich dieses Geld brauche, da die Weiden im Mai Wasser brauchen.

„Ich weiß es, Dad, aber dein Leben ist mehr wert als alles Geld der Welt. Denke, ich habe nur dich...

„Ich denke darüber und über viele Dinge nach, Barbara, und ich verspreche, so besonnen zu sein, wie es die Umstände raten. Da das Vieh außerhalb der Stadt bleibt, ist es nur eine Frage der Orientierung, bis wir einen Käufer finden. Sobald der Deal abgeschlossen und abgeschlossen ist, nehme ich das Geld, gebe ihm das Vieh und wir gehen zurück.

„Solange wir weg sind, wird O'Hara hier bleiben. Sie wissen, dass er ein aufrechter, tapferer und loyaler Mann ist, und es wird Ihnen nicht an angemessenem Schutz mangeln. "

Barbara wagte nicht darauf zu bestehen, aber später suchte sie Saul und ging auf ihn zu:

„Mein Vater hat realisiert, was er projiziert.

"Und das?

„Ich habe versucht, ihn davon zu überzeugen, hier nicht wegzugehen, aber er hat mir Gründe genannt, denen ich nicht widersprechen konnte.

„Ich auch nicht; deshalb habe ich nicht darauf bestanden.

„Allerdings habe ich Angst. Es wird albern sein, aber es gibt etwas, das mich überfordert, denn ... ich weiß nicht ..., es scheint, als ob er ahnt, dass ihm etwas passieren könnte.

„Ich vertraue darauf, dass es nicht passiert, denn ich werde nicht als Schmuck an seine Seite gehen.

„Ich weiß, Saúl, und das beruhigt mich ein wenig. Ich weiß, dass Sie ein loyaler Mann sind wie nur wenige andere und dass Sie meinen Vater lieben, als wäre er Ihr eigener.

„Danke für das gute Konzept, das Sie immer von mir hatten, Miss Barbara. Ich versichere Ihnen, dass ich für ihn und für Sie so weit gehen würde, wie ein Mann mit Herzen gehen kann. Das ist alles, was ich Ihnen sagen kann.

„Ich weiß und ich weiß es zu schätzen. Pass gut auf ihn auf, Saul. Du weißt, dass ich nur meinen Vater auf der Welt habe und dass, wenn ihm etwas passieren würde, was aus mir werden würde?

„Hoffen wir, dass dir nichts passiert, aber du weißt, dass ich auf jeden Fall..., ich... notfalls mein Leben für dich riskieren würde. Warum mehr sagen?

Sie antwortete nicht und senkte den Kopf. Saul hatte der Darbietung so viel Aufmerksamkeit geschenkt, dass sie zu erraten schien, welches Gefühl es inspiriert hatte.

Saúl seinerseits merkte, dass er zu ausdrucksstark war, und um die peinliche Situation zu retten, drehte er sich um und ging auf die Weide, wo er sich persönlich um die Auswahl des Viehs kümmern musste.

Ohne zu wissen warum, brannte ein verstecktes Feuer in seiner Brust. Er fühlte sich nervös, unruhig, von fieberhafter Erregung gepackt, und er fragte sich, ob er nicht in seinem Enthusiasmus, der jungen Frau zu antworten, etwas Unbequemes gesagt hatte.

Aber es war etwas so Spontanes gewesen, dass selbst er das Feuer in seinen Worten nicht bemerkt hatte.

KAPITEL III

IN DEN KRALLEN DES KALKOPUS

Die Rinder wurden sorgfältig kontrolliert. Saúl versuchte, die klarsten Rinder auszuwählen, in der Hoffnung, dass sie, wenn sie auf der Reise nicht abnahmen, bis zu zehn Dollar pro Kopf erzielen könnten.

Er wählte nur drei Bauern. Er rechnete mit der Hilfe des Ranchers und seiner eigenen und hielt sie für ausreichend, um nach San Antonio zu gelangen und größere Kosten zu vermeiden.

O'Hara kam auf die Ranch, um McClellan mit der Pflege der Ranch zu versorgen, und mit der Garantie des ehemaligen Vorarbeiters auf der Ranch gingen sie entspannter.

Die Fahrt verlief reibungslos, und eines Abends Ende Mai erreichten sie das Flussufer mit Blick auf die turbulente Stadt.

Die riesige Wiese zeigte die Spuren der ungewöhnlichen Viehbewegung. Das Gras wurde von so vielen Hufen getreten und plattgedrückt, wie es darüber hinweggegangen war, und in bequemen Abständen, um zu verhindern, dass sich das Vieh vermengte, warteten einige Herden darauf, die Route nach Norden zu beginnen.

Der Rancher und Saúl suchten nach einem geeigneten Ort, um das Bündel aufzubewahren. Sie fanden eine regelmäßige Mulde mit einigen hohen Abhängen an den Seiten, die sehr gut als Barriere für das Vieh dienen würde und die Arbeit der drei Peones erleichterte, die sie bewachen würden.

„Was machen wir?" fragte Saul. „Sollen wir ins Dorf gehen oder lassen wir es für morgen früh?

„Ich denke, wir sollten ihn sofort besuchen. Sie wissen bereits, dass an diesen Orten die Aktivität der Menschen nachts stattfindet und es tagsüber schwierig ist, jemanden zu finden, der sich für diese Angelegenheit interessieren könnte.

„Nun, wenn du willst, lass uns gehen.

Sie gaben den Peons strenge Anweisungen, das Bündel eifersüchtig zu bewachen, und trennten sich von ihm, um zum Kern des Dorfes zu gehen, der fast eine Meile entfernt stand. Der Nachmittag begann zu fallen und schon von weitem waren einige Lichter zu sehen.

Sie waren kaum ein paar Meter von der Herde entfernt, ein Cowboy aussehender Kerl, der anscheinend gelangweilt herumlief, näherte sich McClellan und fragte:

„Brauchst du einen Bauern für die Route?

"Nein, vielen Dank", antwortete der Rancher.

"Man hat zu wenig Leute, um an einen zu gefährlichen Ort zu kommen", bemerkte der Bauer.

„Ich weiß, aber ich habe nicht die Absicht, der Route zu folgen. Ich komme, um das Vieh hier zu verkaufen.

„Das ist eine andere Sache. Du bringst ein paar sehr klare Rinder mit.

"Vielen Dank.

„Sie müssen mit den Menschenhändlern vorsichtig sein. Sie nutzen die Notwendigkeit zu verkaufen und bieten einen Hungerlohn an. Bis auf ein paar, die anständiger und rücksichtsvoller sind, sind der Rest Metzgergeier.

Der Rancher schien sich für das Gespräch des Peons zu interessieren, denn er fragte sanfter:

„Sie sind mit dieser Angelegenheit ziemlich vertraut, nicht wahr?

„Nun … regelmäßig. Ich kam, um auf das Rudel eines Ranchers zu warten, der sich mir verpflichtet hatte, mich in sein Team aufzunehmen, aber ich weiß nicht, was passiert ist, was nicht angekommen ist, und ich warte seit zwei Wochen auf ihn. Da ich das Warten satt habe und mein Geld zur Neige geht, suche ich nach Equipment. Und natürlich hört und sieht man in zwei Wochen Nichtstun und Zeitverschwendung in Kneipen und Spielhöllen viel. Deshalb habe ich ihm gesagt, dass der Rest, bis auf ein paar Schlepper, meines Wissens nur Geier sind.

„Also, wären Sie so freundlich, mich an einen der beiden zu verweisen, mit denen ich umgehen kann? Ich kann Sie nicht als Arbeiter aufnehmen, weil ich nicht nach Abilene gehen werde und auch keine Stelle auf meiner Ranch frei ist, aber wenn ich für mein Vieh eine angemessene Bezahlung bekomme, verspreche ich Ihnen, Ihnen einen Bonus zu geben, um die Zeit zu kompensieren Sie haben hier ausgegeben, ohne einen Cent zu verdienen.

"Vielen Dank, Sie sind sehr freundlich.

„Wenn Ihre Intervention für mich von Vorteil ist, ist es nur fair, dass ich Sie in irgendeiner Weise belohne.

„Und ich werde es akzeptieren, denn die Wahrheit ist, dass ich knapp bei Kasse bin.

„Ich kann einen von ihnen zeigen. Es ist das beliebteste und das, das normalerweise die meisten Geschäfte macht. Er hat ein Transportsystem nach Abilene eingerichtet, und wenn er fünf- oder sechstausend Köpfe sammelt, bringt er sie dorthin und bereitet sich darauf vor, eine neue Herde zu sammeln. Wenn es die Zeit erlaubt, wird er Rinder und Rinder nach Abilene schicken.

„Weißt du, wie viel du ihnen normalerweise bezahlst?

„Ja, zwischen acht und neun Dollar. Nur wenn Ihnen etwas Außergewöhnliches angeboten wird, zahlen Sie zehn Dollar.

„Hast du das Vieh gesehen, das ich bringe?

„Natürlich habe ich es gesehen und selten kommen Rinder so gut genährt an.

„Denkst du, ich kann zehn Dollar verlangen?

„Mein Rat ist, dass Sie ihnen nicht weniger als diesen Preis geben. Sie bieten Ihnen weniger; Sie werden dich sogar glauben machen, dass sie kein Interesse haben, wenn du nicht akzeptierst; Aber wenn du standhaft bleibst, werden sie dich nicht anderen anbieten lassen.

„Nun, vielen Dank für Ihre Berichte. Wo finde ich diesen Mann?

„Ich bringe dich dorthin, wo es normalerweise aufhört. Ich weiß nicht, ob er noch da sein wird, aber wenn nicht, wird es nicht lange dauern. Lassen Sie mich mit Ihnen sprechen ... Ich sage es, weil ich Ihnen kürzlich ein kleines Bündel ähnlich Ihrem zur Verfügung gestellt habe und Sie mir zwanzig Dollar dafür gegeben haben, dass Sie mit dem Verkäufer in Kontakt treten. Es war nicht viel, aber es war hilfreich.

„Nun, geh weg und du zeigst uns den Ort.

Die drei kamen in der Stadt an und betraten ihre Hauptstraße, die von Publikum überfüllt war.

Die Einheimischen hatten bereits ihre Lichter angemacht und belebten das Treiben der breiten Straße weiter. Fast alle Passanten sahen aus wie Viehverwandte und das war nicht verwunderlich, denn Vieh war damals alles in der Stadt.

Der Bauer führte sie zu "The Silver Dollar", das zu dieser Zeit in Hochstimmung war.

Der Bauer warnte vor dem Betreten:

„Der Ort ist eine Bar mit einer Spielhölle im Hintergrund, aber die Leute hier fühlen sich an anderen Orten nicht wohl. Sie müssen trinken und spielen, um glücklich zu sein, vor allem wenn man bedenkt, dass viele mit einem Fuß auf dem Steigbügel stehen, um die Route zu beginnen und dass sie mindestens drei Monate Entbehrung und sehr harte Arbeit erwarten.

Der Bauer sah sich um und sagte dann:

„Er ist noch nicht gekommen, aber ich glaube nicht, dass es zu spät sein wird. Setzen Sie sich eine Weile hin und trinken Sie etwas, und in der Zwischenzeit werde ich, wenn

Sie gestatten, einem Freund, der im „El Caballo Salvaje" auf mich wartet, sagen, dass wir uns später sehen. Das Geschäft steht an erster Stelle.

Er ließ sie allein und verließ das Gelände. Der Viehzüchter kommentierte:

„Er hat uns sehr wertvolle Berichte gegeben, die uns davor bewahren, desorientiert zu sein und Zeit zu verschwenden. Wenn er, wie er sagt, einer der ehrlichsten Menschenhändler ist und wir das Geschäft heute Abend in Ordnung bringen ... Morgen können wir auf die Ranch zurückkehren.

Und nachdem sie einen "Whisky" bestellt hatten, bereiteten sie sich darauf vor, auf die Rückkehr des Arbeiters und die Ankunft des Händlers zu warten.

Der Bauer ging, wie er angedeutet hatte, zu "The Wild Horse", wo er sehr glücklich und mit einem Lächeln auf den Lippen eintrat.

Auf dem Platz saß Gregory Scott an einem Tisch, zusammen mit "El Pecas" und einem anderen. Gregory sah den Peon eintreten und starrte ihn an.

Dann, als er zum Tisch trat, fragte er:

"Sehr glücklich, dass Sie kommen, Roger ... Was ist los?

„Dass ich denke, ich bringe ihm gute Beute.

"Jawohl?

„Ja. Es geht um einen Viehzüchter, der tausend der besten Rinder bringt, die ich je gesehen habe das Vieh hier. Ich habe ihr Vertrauen gewonnen und ihnen gesagt, dass ich Ihnen einen Garantiekäufer vorstellen werde. Ich denke, es ist ein gutes Geschäft.

Gregor lächelte. Geschäfte dieser Art hatten ihm aufgrund eines bestimmten Tricks, den er sehr gut einstudiert hatte, gute Gewinne gebracht, obwohl er ein wenig entlarvt war.

„Wo ist der Typ?

"Ich habe ihn mit seinem Vorarbeiter in" The Silver Dollar gelassen. „Ich habe dir gesagt, dass du bald ankommst und dass ich in der Zwischenzeit hier einen Freund sehen muss, der auf mich wartet.

„Nun. Geh dorthin zurück und in Kürze werde ich gehen. Wenn ich eintrete, kommst du auf mich zu, um über die Angelegenheit zu sprechen und mich vorzustellen. Währenddessen wird „El Pecas" die Angelegenheit vorbereiten wie sonst.

Roger verließ die Spielhölle und kehrte zu "The Silver Dollar" zurück.

„Ich bin zurück", sagte er. Mein Freund ist in die Spielhalle gegangen und hat mir gesagt, dass ich ihn dort treffen werde. Ich schätze, wenn ich nicht gehe, müssen sie ihn zum Feierabend rausschmeißen.

Eine Viertelstunde später sah er „El Pecas" mit zwei anderen eintreten. Das Trio näherte sich einem Tisch, an dem drei andere saßen, und stellte Hocker um den Tisch. Dann sprach "El Pecas" leise mit allen.

Und eine Viertelstunde später erschien Gregory, der ganz allein war.

Sein vornehmes Aussehen, seine teure und gepflegte Kleidung und seine attraktive Figur schienen zu bestätigen, dass er ein außergewöhnlicher Mann war. Für diejenigen, die ihn nicht kannten, für diejenigen, die nichts über seine schwarze Geschichte wussten, konnte er als reicher Menschenhändler gelten, weit davon entfernt, in den tiefsten Tiefen der Stadt zu kämpfen.

Er ging zum Tresen und bestellte einen "Whisky". Die Verkäuferinnen begrüßten ihn mit Unterwürfigkeit.

Roger, der neben dem Rancher saß, sagte:

»Das heißt. Sein Name ist Gregory Scott. Nach dem Geschäft zu urteilen, das ich von Ihnen gehört habe, müssen Sie Ihr Geld zu einer Handvoll verdienen.

Er stand auf und fügte hinzu.

„Ich werde mit ihm sprechen. Ich denke, es wird kein Problem für mich geben, mit Ihnen zu sprechen.

Er ging zum Tresen und begrüßte ihn laut. Dann sprach sie mit leiserer Stimme zu ihm und zeigte auf den Tisch, an dem McClellan und Saul saßen.

Kurz darauf gingen beide zum Tisch.

„Meine Herren", sagte Roger. „Ich stelle Ihnen Mr. Scott vor, von dem ich im Fluss mit Ihnen gesprochen habe. Er sagt, dass er, obwohl er in letzter Zeit viel Vieh gekauft hat, den Verkauf besprechen kann, wenn es sich lohnt.

McClellan antwortete, nachdem er Gregory die Hand geschüttelt hatte:

„Die Rinder können Sie sehen, wann immer sie wollen, aber Sie haben sie gesehen und gesagt, dass sie die besten sind, die Sie in San Antonio gesehen haben.

Und ich bestätige es. Ich glaube, ich verstehe ziemlich viel über Rinder.

Gregory saß neben dem Rancher und sagte:

„Wenn Roger das sagt, muss ich ihm glauben, denn er hat mir schon zwei Bündel mitgebracht und ich konnte sehen, dass er viel von Hörnern versteht.

Er zündete sich eine Zigarette an und fragte dann:

„Wie viele Rinder bringen sie?

"Eintausend.

„Haben Sie eine Vorstellung von dem Preis, den Sie dafür verlangen wollen? Ich möchte Sie warnen, dass sie hier nicht billig bezahlt werden können, sondern in Abilene. Wenn ich sie kaufe, habe ich einen hohen Fahraufwand und zusätzlich die Gefahr, dass sie gestohlen werden oder es zu einer Massenansturmerscheinung kommt. Mein Gewinn ist das, aber ein Glücksspiel zu betreiben, das nicht klein ist.

„Ich habe mich schon etwas daran orientiert und komme nicht mit dem Vorwand, ein rundes Geschäft zu machen, aber ich habe sie auch nicht mitgebracht, um sie zu verschenken. Ich habe das Beste meiner Weide gewählt, um das Beste daraus zu machen, da ich Geld brauche und ich nicht in der Lage bin, mich auf die Weide mit den meisten Rindern zu stürzen.

„Nun, erzähl mir eine Zahl.

„Zehn Dollar pro Kopf und keinen Cent weniger von dort. Ich möchte keine Zeit mit Feilschen verschwenden.

„Für zehn Dollar wurden hier nur sehr wenige Rinder bezahlt.

„Aber einige wurden bezahlt und meine können dort platziert werden, wo die besten sind.

„Ich denke, neun Dollar sind eine akzeptable Zahl.

„Nicht für das Vieh, das ich bringe.

„In diesem Fall werden wir uns, glaube ich, nicht verstehen. Denken Sie darüber nach und ...

"Überlegt. Wenn Sie bei dem Preis nicht interessiert sind, werde ich jemanden finden, der interessiert ist und wenn nicht, werde ich mit ihm auf meine Ranch zurückkehren.

„Teufel! Hast du das Wort eines Königs?

„In diesem Fall ja. Ich weiß, was mein Vieh wert ist, und ich weiß, wenn du es so belassen kannst, wie es ist, werden sie dich besser bezahlen als alle anderen, wenn du in Abilene ankommst.

Gregory schien nachzudenken und sagte schließlich:

„Nun, um mich zu verpflichten, muss ich ihn selbst sehen. Wenn Sie möchten, gehen wir dorthin, wo Sie das Bundle haben, ich prüfe es und wenn es wirklich so ist, wie es sagt, akzeptiere ich den Preis. Wir können dann zurückgehen, wir machen die Transaktion, und sobald ich ihm das Geld gebe, schicke ich Männer, die sich darum kümmern. Morgen geht eine Expedition von mir nach Abilene und ich würde mich ihnen an der Expedition anschließen.

"Einverstanden. Die Nacht ist gut, es ist Mond und es wird nicht schwer sein, das Vieh zu untersuchen.

Gregor stand auf.

„Komm", sagte er. Wenn du willst, Roger, komm mit uns.

„Nun, ich begleite dich.

Die vier verließen den Laden, um in die Nähe des Flusses zu gehen, wo McClellan sein Vieh zurückgelassen hatte. Die Nacht war herrlich, klar, ein Vollmond schien in seiner ganzen Pracht, und das würde die Untersuchung erleichtern.

Saul hatte während des Gesprächs die Lippen nicht geöffnet. Offenbar hatte er alles normal gefunden und hatte nichts einzuwenden.

Als sie sich dem Fluss näherten, sagte der Rancher:

„Dort in dieser Mulde ist das Bündel.

Sie gingen zu der angegebenen Stelle und Gregory verbrachte eine Weile damit, auf die Hörner zu blicken und die Schlucht zu umkreisen, um sich zu vergewissern, dass alle Stiere gleich klar waren.

„Wie ich sehe, hast du nicht übertrieben, aber ich musste aufpassen. Alle, die kommen, behaupten, das beste Vieh mitzubringen, und in der Regel haben sie alle ein vulgäres Gewicht. Diese sind die Ausnahme und ich akzeptiere den Preis.

„Also, wenn du willst, komm mit mir. Wir erstellen den Verkaufsbeleg, ich bezahle dich und heute Abend übergibst du meinem Chef das Bündel. Sie werden sie zu einem leeren Pferch führen, den ich anderthalb Meilen von hier habe, und morgen früh werden sie nach Abilene aufbrechen. Wer ist Ihr Vorarbeiter?

„Dieser, der mich begleitet.

„Nun, sei bereit, wenn du zurückkommst und meine Bauern kommen, werde ich die Hörner übergeben. Er wird sie zum Corral begleiten, wo sie beim Betreten gezählt werden. Die Tür ist so vorbereitet, dass sie nur einzeln eintreten und sich fehlerfrei zählen können. Ihr Vorarbeiter und mein Vorgesetzter werden den Überblick behalten.

„In Ordnung, Mr. Scott.

Der Rancher war sehr zufrieden damit, wie einfach es gewesen war, das Problem zu lösen, und wandte sich an Saúl und sagte:

„Bleiben Sie hier und alle sind bereit, das Vieh zu bewegen. Ich werde in einer Stunde zurück sein.

Saul sagte nichts. Er war ein wenig benommen von der Dynamik, die das Geschäft umgab, und fürchtete keinen Augenblick etwas Außergewöhnliches. Vielleicht war ihre

Zuversicht auf Gregorys Haltung und Verpackung zurückzuführen, die vom Gewöhnlichen abwich.

KAPITEL IV

EIN DRAMATISCHER TRICK

Wieder kehrten die drei zu "The Silver Dollar" zurück und Gregory ging zu einem Tisch im Hintergrund, wo ein einzelner Kunde ein Glas Brandy nippte.

Sein Aussehen war nicht sehr beruhigend und Gregory nahm einen Dollar aus der Tasche, warf ihn auf die Tischplatte und sagte:

„Hier, Jim, geh zum Tresen, um zu trinken, und hinterlasse den Tisch für mich.

Der Kunde grunzte etwas, was nicht leicht zu fangen war, nahm den Dollar und das Glas und ging zur Bar, während Gregory den Rancher einlud, sich zu setzen.

"Er ist ein armer Teufel", sagte er, der früh aufsteht, einen Tisch in Besitz nimmt, um ein Glas Schnaps zu bitten, und sich von dort nicht bewegt, bis ihm jemand den Tisch mit einem Dollar abkauft. Es ist ein Trick wie jeder andere.

Er bat einen Kellner um ein Blatt Papier und das Notwendige zum Schreiben und bot dem Rancher den Stift an und sagte:

„Bitte verlängern Sie den Kaufbeleg. Ich mag es, Dinge mit aller Legalität zu tun.

„Geben Sie Ihren Namen, den Herkunftsort, die Anzahl der Rinder und den Preis jedes einzelnen an. Legen Sie die Quittung ein und hier ist das Geld. "

Er griff in die Innentasche seiner Jacke und zog eine prall gefüllte Brieftasche heraus, die er öffnete. McClellan konnte mit einem Blick erkennen, dass es voller Geldscheine war.

Er legte die Quittung vor und gab sie Gregory, bevor er sie unterschrieb.

Der Spieler überprüfte es sorgfältig und gab es zurück und sagte:

"Es ist in Ordnung, Sie können es unterschreiben.

Er zählte Hundert-Dollar-Scheine, um den Gesamtbetrag des Verkaufs einzutreiben.

McClellan unterzeichnete etwas aufgeregt und wartete darauf, dass Gregory das ganze Geld zählte. Unterdessen wurden hinter ihm die Stimmen einer Gruppe von Kunden lauter.

Offenbar war zwischen ihnen ein Streit über ein Theaterstück entstanden, das in einem Kampf zu enden drohte.

Aber der Viehzüchter, aufmerksam auf sein Geschäft, bemerkte es kaum, obwohl er die säuerlichen und drohenden Stimmen der Streitenden hörte.

Gregory schob die Geldscheinstapel weg und sagte:

"Zähle sie; es macht mir nichts aus, dass er es tut.

McClellan hatte den Kunden den Rücken zugekehrt, sein Körper versuchte, den Geldbetrag zu verbergen, den Gregory vor ihn gelegt hatte.

Er begann schnell zu zählen. Die Tatsache, dass die Rechnungen 100 Dollar betrugen, vereinfachte die Zählung und die Menge war nicht übermäßig groß.

Roger hatte an einer Seite des Tisches gesessen, ein wenig abseits und mit dem Gesicht zur Tür. Er schien die heftige Diskussion, die hinter dem Rücken des Ranchers ausgebrochen war, mit großem Interesse zu verfolgen.

Er genehmigte das Geld, steckte es in die Innentasche seiner Jacke, schob die Quittung hin und sagte:

„Hier haben Sie die Quittung. Ich wünsche Ihnen viel Glück und hoffe, dass dies nicht der letzte Deal ist, den wir machen.

"Die Zeit wird es zeigen. Entschuldigen Sie mich jetzt, dass ich Sie verlassen habe, aber ich habe dringend etwas zu tun. Dort lasse ich Sie bei Roger, den ich später sehen und ihm für seine Vermittlung danken werde.

„Ich habe auch versprochen, Sie zu befriedigen, und ich werde es tun.

Gregory verließ die Bar und McClellan, bereit zu gehen, nahm zwei Zwanzig-Dollar-Scheine aus seiner Hosentasche, die er aufbewahrte, und bot sie Roger an und sagte:

"Nehmen Sie. Da ich davon ausgegangen bin, dass Mr. Scott Ihnen einen ähnlichen Betrag geben wird, werden Sie mit mir zufrieden sein, dass Sie den Tag nicht verpasst haben.

„Nein, natürlich nicht, und das weiß ich sehr zu schätzen. Gute Reise und bis bald hier.

„Danke. Vielleicht bin ich zurück, bevor der Sommer vorbei ist.

Ist aufgestanden. Roger hatte nicht die Absicht, ihn nachzuahmen.

"Bleibt? Fragte der Rancher.

„Ja, es ist noch früh, um meinen Freund zu suchen.

Der Rancher wandte sich der Tür zu, um den Ausgang zu beginnen. Er freute sich darauf, zu seiner Herde zu kommen, sich Saul anzuschließen und ihm das Geld zu zeigen.

Wenn er, wie Gregory gesagt hatte, sich noch in dieser Nacht um das Vieh kümmern wollte, konnten sie gleich nach dem Frühstück auf die Ranch zurückkehren.

Er war gerade vor den Tisch gegangen, an dem die Spielergruppe noch immer stritt und drohte, als einer dem anderen eine laute Ohrfeige gab.

Die Reaktion der Gruppe war schnell. Die fünf standen auf und griffen sich wütend mit den Fäusten an; aber einer von ihnen bewaffnete sich mit einem Schemel und warf ihn wütend auf den, der ihn geschlagen hatte.

Der angegriffene Mann duckte sich, um den Aufprall zu vermeiden, aber der mit Gewalt geworfene Hocker ging über das Objekt, für das er bestimmt war, ging weiter und traf McClellan am Kopf, als er versuchte, wegzurennen, um nicht in die Schlägerei verwickelt zu werden.

Der Rancher strahlte ein Wehe aus! qualvoll und fiel zu Boden, Blut floss aus einer normalen Wunde, die er sich am Hinterkopf zugezogen hatte.

Die Wunde und die Härte des Schlages erschreckten ihn und er fiel bewusstlos zu Boden.

Der Kampf endete plötzlich und mehrere der Kämpfer eilten dem Gefallenen zu Hilfe, um ihn zu einer Reaktion zu bewegen, aber ohne Glück.

„Das hast du gut gemacht", kommentierte einer. Du hast ihn fast getötet.

„Du bist derjenige, den ich hätte töten sollen. Du hast mich geohrfeigt und wenn du denkst, dass ich es ruhig hinnehmen werde, irrst du dich. Wenn Sie ein Mann sind, gehen Sie mit mir auf die Straße, um das Kunststück zu wiederholen.

„Genau jetzt, Großmaul. Niemand fordert mich heraus. Lass uns gehen.

Sie ließen den Rancher blutüberströmt auf dem Boden liegen und gingen in Scharen nach draußen. Der Schalterleiter und einige Kunden kamen dem Verwundeten zu Hilfe.

„Wir müssen ihn zu einem Arzt bringen, um ihn zu behandeln, sonst blutet er aus.

„Was ist, wenn der ‚Sheriff' benachrichtigt wird? Er muss seine Runde die Straße entlang drehen.

Da niemand bereit schien, den Verwundeten zu tragen, befahl der Barchef einem der Angestellten, nach dem „Sheriff zu suchen und ihm den Vorfall zu melden. Eine Viertelstunde später fand er ihn in einem der Wirtshäuser und lud ihn ein, mit ihm ins Lokal zurückzukehren. Der "Sheriff", der wie ein energischer Mann aussah, warf dem Rancher einen Blick zu, der mit einem alkoholgetränkten Taschentuch, das jemand auf die Wunde gelegt hatte, am Boden lag und fragte:

"Was ist passiert?

"Ein Unfall. Ein paar stritten sich über einen zweifelhaften Schachzug und griffen sich gegenseitig an. Einer warf einen Hocker auf den anderen; aber als er ihn verfehlte, traf er den Kopf dieses Mannes und verwundete ihn.

Wer waren die Kämpfer?

„Nun … Freunde von Gregory Scott.

„Hmm! Ich weiß nicht, wie ich es schaffe, dass Gregory und seine Geier immer in Schwierigkeiten geraten. War Gregory nicht da?

„Es ist einfach rausgekommen. Er hatte sich eine Weile mit dem Verwundeten und Roger unterhalten und dann verabschiedeten sie sich.

Roger blieb ungerührt auf seinem Platz.

Der "Sheriff" wandte sich an ihn und fragte:

„Was hat dieser Mann mit Gregory zu tun?

„Sie tauschten Eindrücke über ein Bündel aus, das dieser Viehzüchter verkaufen wollte. Anscheinend einigten sie sich auf den Verkauf und Gregory ging, um ihn zu besuchen, wo er das Vieh hat. Mehr weiß ich nicht.

„Okay, mal sehen, zwei von euch helfen mir, diesen Mann zum nächsten Arzt zu bringen. Wo sind die Kämpfer?

„Sie sind hier herausgefordert gegangen und wir wissen nicht mehr.

McClellan wurde von einem nahegelegenen Arzt behandelt, der eine ziemlich tiefe Kopfverletzung und eine Gehirnerschütterung erlitt.

Der Arzt riet, ihn nach der Heilung ins Krankenhaus zu bringen, wo er einige Tage bleiben müsse, wenn die Wunde nicht kompliziert würde.

Der "Sheriff" kehrte in seine Büros zurück und betraute einen seiner Kommissare mit der Leitung des Transfers.

Um herauszufinden, wer der Verletzte war, durchsuchte er zuvor seine Kleidung. Er fand einige Dokumente, die seine Persönlichkeit und seine Herkunft belegen. Er fand auch sechzig Dollar in seiner Hosentasche, aber mehr nicht.

Der "Sheriff" rief einen anderen seiner Kommissare an, da er zwei unter seinem Kommando hatte und sagte:

„Soweit ich das beurteilen kann, hat dieser Mann versucht, ein Bündel zu verkaufen, das er von Encinal mitgebracht hat. Anscheinend sollte es nicht sehr groß sein, also suchen Sie am Stadtrand nach einem kleinen Bündel und finden Sie heraus, welches diesem Mann gehört. Jemand muss mit ihm gekommen sein, um das Bündel zu lenken, und seine Bauern müssen informiert werden. Mit dem, was du herausfindest, komm später zu mir.

Der Kommissar, dem Befehl gehorchend, verließ die Stadt dem Flusslauf folgend.

Saúl wartete nervös auf die Rückkehr seines Arbeitgebers. Er hatte keinen Grund, sich unwohl zu fühlen, aber er mochte es nicht, von seinem Arbeitgeber getrennt zu sein, denn an diesem gefährlichen Ort, mitten in der Nacht und mit zehntausend Dollar in der Tasche, war es sehr ausgesetzt, allein zu gehen.

Die Zeit verging und McClellan erschien nicht. Das machte den treuen Vorarbeiter nur nervös.

Und er wollte gerade das Bündel verlassen und auf der Suche nach dem Rancher in die Stadt zurückkehren, als einer der Kommissare des Sheriffs auf ihn zukam.

Der Kommissar, nachdem er gute Nacht gesagt hatte, fragte:

„Wem gehört dieser Haufen?

McClellan Nilson von Encinal.

Sind Sie ein Bauer in seinem Team?

„Ich bin Ihr Vorarbeiter und mein Name ist Saúl Perkins.

„Wissen Sie, wohin Ihr Arbeitgeber gegangen ist?

„Ja, Herr Kommissar. Am Abend hatten wir einen Deal mit einem Viehhändler, von dem uns gesagt wurde, dass er Gregory Scott heißt, und mein Arbeitgeber einigte sich mit ihm, ihm das Bündel zu verkaufen. Sie waren hier und beobachteten die Hörner und marschierten, um den Verkauf abzuschließen. Ich warte auf die Rückkehr meines Arbeitgebers, der ziemlich spät kommt.

„Und es wird sich noch mehr verzögern. Vorarbeiter. Sein Arbeitgeber ist derzeit im Krankenhaus von San Antonio.

Saul versteifte sich wie eine Stange.

"Was sagst du? Ist es das ... sie haben ihn ausgeraubt und? ...

"So viel wie Andocken, nein, aber als es anscheinend "The Silver Dollar" verließ, verursachten einige Jungs mit einem eher zweifelhaften Zustand einen Streit und als sie sich gegenseitig mit einem Bürgersteig bewarfen, verfehlten sie ihr Ziel und trafen den Kopf zu seinen Arbeitgeber, der sinnlos zurückgelassen wurde. Mein Chef holte ihn zur Heilung ab und musste ins Krankenhaus gebracht werden, wo er einige Tage bleiben muss, bis die Verletzung verheilt ist. Mein Chef hat mich geschickt, um herauszufinden, wo seine Bündel war, Sie über den Unfall zu informieren.

Saul war wütend gewesen, als er die Geschichte hörte. Jetzt fühlte er sich mehr denn je verletzt, dass er den Rancher in Ruhe gelassen hatte.

Nervös fragte er:

„Sag mir die Wahrheit … Ist es ernst?

„Es scheint nur relativ, wenn keine Komplikationen auftreten. Das Schlimmste ist im Moment der Schock, den er erleidet,

"Wollen Sie damit sagen, dass Sie verletzt wurden, als Sie "The Silver Dollar" verließen?

„Das haben die Zeugen ausgesagt.

„Dann hätte er den Verkaufsvertrag schon abschließen und das Geld in der Tasche haben sollen. Hast du es abgeholt?

„In seiner Hosentasche haben sie nur ein paar Dollar gefunden.

Saúl wurde für einen Moment suspendiert. Es kam ihm alles so fremd vor, dass er es nicht ganz zuordnen konnte.

„Ich verstehe es nicht, Herr Kommissar. Mein Chef ging mit allem Gerede in den Laden, um das Vieh an Gregory Scott zu verkaufen, und wenn er sich auf dem Weg nach draußen verletzte, musste er das Geld mitnehmen.

„Er hat es nicht getragen und was Ihren Umgang mit diesem Vogel betrifft, haben Sie nicht einen gefährlicheren Typen gefunden, mit dem Sie Geschäfte machen können?

Gefährlich sagst du? Wer uns mit ihm in Kontakt brachte, versicherte, dass er einer der ernsthaftesten und ehrlichsten Menschenhändler in San Antonio war. Sein Aussehen schien mit dem übereinzustimmen, der uns informierte,

„Und wer hat dich informiert?

„Ein Individuum, das uns mit dem Vieh ankommen sah und sich als Straßenbauer anbot. Als wir ihm sagten, dass wir ihn nicht brauchen, da unsere Idee war, das Vieh hier zu verkaufen und nicht zu Abilene zu gehen, war er gesprächig und gab uns viele Informationen zu diesem Thema. Er sagte uns, dass sich nur ein paar Händler lohnen, und bot uns an, uns einen vorzustellen. Er war derjenige, der uns mit Gregory Scott in Kontakt brachte.

„Sehr genial, der Vorarbeiter, aber es tut mir leid, Ihnen mitteilen zu müssen, dass Sie in ein etwas seltsames Labyrinth gesteckt wurden. Dieser Roger, wenn ich ihn vermute, steht unter Scott, dem gefährlichsten und schwer fassbaren Schurken in ganz San Antonio. Er roch das Geschäft und arbeitete erfolgreich daran, es zu organisieren.

„Also, denkst du, Scott… hat irgendwelche Schritte unternommen, um das Vieh und das Geld zu behalten?

„Ich weiß es nicht, mein Freund. Scott war nicht mehr in der Taverne, als sein Chef verwundet wurde, wofür ihm nichts vorgeworfen werden kann sie hatten eine Falle aufgestellt, um sein Geld zu stehlen.

„Was würden sie voranbringen, wenn ihnen das Vieh nicht geliefert worden wäre?

„Ich weiß es nicht. Alles ist so verworren, dass, solange Ihr Arbeitgeber nicht wieder zu Bewusstsein kommt und spricht, nicht geklärt werden kann, was passiert ist. Deshalb wissen wir nicht, ob das Geschäft abgeschlossen wurde, auch nicht, wenn die Der Arbeitgeber hat tatsächlich Geld erhalten.

Saúl, zunehmend verwirrt, wusste nicht, was er tun sollte. Sein Impuls war, ins Dorf zu rennen, um seinen Herrn zu sehen, aber er wagte nicht, das Vieh verlassen zu lassen.

Schließlich war der Wunsch, ihn zu sehen und seinen wahren Zustand zu kennen, stärker als alles andere, und als er sich an einen der drei Peons wandte, die ihn begleitet hatten, sagte er:

„Du hast es schon gehört. Der Chef ist im Krankenhaus und meine Pflicht ist es, ihn zu besuchen und seinen Zustand herauszufinden. Ich überlasse dich der Obhut des Viehs und unter keinen Vorwand wirst du es jemandem geben. Wenn ihn jemand sucht, sagen Sie ihm, er solle auf meine Rückkehr warten, verstanden?

Die drei versicherten, dass sie dies tun würden und Saúl kehrte zusammen mit dem Kommissar in die Stadt zurück.

„Wo ist das Krankenhaus?", frage ich.

„Sie würden zu diesem Zeitpunkt nichts voranbringen, indem Sie dort auftauchen, weil sie sie nicht hereinlassen würden. Ich würde es nur bekommen, wenn ich vom „Sheriff" begleitet würde. Daher denke ich, dass Sie am besten mit mir ins Büro kommen und mit meinem Chef sprechen können. Sie können einige Lücken klären, die Sie für am geeignetsten halten.

Saúl resignierte. Andererseits wollte er von den Lippen des "Sheriffs" Details hören, die ihm ebenfalls fehlten, um den Fall zu beurteilen.

Als sie in den Büros ankamen, stellte der Kommissar Saúl vor und sagte:

„Boss, das ist der Vorarbeiter des Verwundeten. Ich brachte es ihm, weil er ins Krankenhaus wollte, um seinen Chef zu sehen.

Der "Sheriff" zeigte auf einen Sitz und sagte:

„Sie würden ihn ignorieren, wenn er auftauchen würde, und andererseits würde ich nichts tun, indem ich ihn sehe, wenn ihm das Wissen vorenthalten wird. Wir müssen warten, bis es sich erholt. Daher wäre es besser, wenn Sie warten, bis es hell wird, und tun Sie gut daran, mir in der Zwischenzeit alles mitzuteilen, was Sie über die Angelegenheit wissen. Ich habe das Gefühl, dass es etwas sehr Festes ist, jemandem eine Abneigung zu geben. Ich habe lange versucht, einen Typen in die Falle zu locken, und bis jetzt war er sehr geschickt darin, den Käse zu essen und die Vorräte zu meiden.

„Du meinst diesen Mann namens Gregory Scott? Sein Kommissar hat mir etwas Unangenehmes über ihn erzählt.

„Das meine ich. Er ist San Antonios Schurke Nummer eins und hat eine ziemlich schwarze Bilanz; aber er ist klug und weiß, wie man Dinge tut, um jede Prüfung zu vermeiden, die ihm schadet. Ich warte immer darauf, etwas Greifbares zu finden, auf das ich das Gewicht des Gesetzes anwenden kann, aber es ist mir nicht gelungen. Moralische Beweise sind nutzlos, und materielle Beweise entziehen sich ihnen mit erstaunlichem Geschick. Natürlich gibt es ein Sprichwort, dass "der Krug so sehr zur Quelle geht, dass er jemals bricht" und ich suche den Stein, wo er stolpert und seinen Schild zerbricht. Sagen Sie mir, wie viel Sie wissen, um zu sehen, ob es für etwas nützlich ist.

Saúl, angespannt, informierte ihn über alles, was er mit Roger gesprochen hatte, wie er sie zu "The Silver Dollar" gebracht hatte, um sie mit Gregory in Kontakt zu bringen, und wie er, nachdem er das Vieh gesehen und seine Zustimmung gegeben hatte, marschiert war mit McClellan, um den Verkauf abzuschließen und das Geld zu übergeben.

Der "Sheriff" sagte, nachdem er genau zugehört hatte:

„Was jetzt noch bekannt ist, ist, ob die Transaktion durchgeführt wurde und ob sein Arbeitgeber den Kaufbeleg unterzeichnet und das Geld erhalten hat, Roger, der bei meiner Ankunft an der Bar war, erklärte, dass sein Arbeitgeber und Gregory versucht hätten, Vieh zu verkaufen.", aber wer wusste nicht mehr. Ich vermute, dass er alles wusste oder weiß, aber er wollte sich entwischen und seine Zunge nicht loslassen.

Wenn, wie es logisch erscheint, die Transaktion zustande gekommen ist, hat sich Gregor, zu klug, seiner persönlichen Verantwortung in der Sache entzogen, wie durch unparteiische Zeugen bewiesen wird, dass er die Spielhölle verlassen hat, bevor der Streit ausbrach. Aber das sagt nichts, denn alles, er könnte bereit sein, seinen Chef abzuschneiden, als er versuchte, nach Gregorys Weg zu gehen, und das Geld, das er aus dem Verkauf des Bündels erhielt, so oder so zu beschlagnahmen.

„Wenn du denkst, dass Gregory dir das Geld geben könnte und das Scheitern des Plans riskieren könnte, wenn es einen gab?

"Warum nicht? Gregor verwaltet Geld und würde letztendlich nichts verlieren, denn wenn er das Vieh bezahlt und sie den Kaufvertrag unterschreiben, gehört das Vieh ihm und ist das investierte Geld wert.

„Wie? Haben Sie … das Recht, das Bündel zu behalten, nachdem das Geld meines Arbeitgebers gestohlen wurde?

„Rechtlich natürlich ja. Er hat die Rinder bezahlt und erhält im Gegenzug einen Verkaufsbeleg. Vor dem Gesetz ist er Eigentümer des Viehs, wenn nicht nachgewiesen wird, dass er am Gelddiebstahl beteiligt war, weil er mit verdrehten Gründen geltend macht, dass er nicht für die Beschlagnahme des Geldes durch andere Personen bei seinem Arbeitgeber verantwortlich sein kann, als er verletzt war und sie versuchten, ihm zu dienen oder sie taten es so, nur mit der Idee, sein Geld zu stehlen.

„Wenn es nicht dieser Typ ist, könnte der Vorfall außerhalb von ihm passieren, denn hier gibt es viele Unerwünschte, die einer Mücke den Atem stehlen können. Es genügte, dass sie den Geldwechsel gesehen hatten, um zuzustimmen und es direkt dort oder woanders zu stehlen. Es ist nicht der erste, der mitten auf der Straße ausgeraubt wird, um ihm das zu berauben, was er gerade erhalten oder verdient hat.

„Dann“, fragte Saul ängstlich. Wenn dieser Typ heute Abend auftaucht, wie er sagte, um sich um das Vieh zu kümmern, muss ich dann … muss ich es ihm geben?

„In Übereinstimmung mit dem Gesetz; so soll es sein und er könnte meine unterstützung beim kaufvertrag in ordnung anfordern. Das ist etwas, was ich befürchte, und deshalb versuche ich herauszufinden, ob es Beweise gibt, die stark genug sind, um dies zu verhindern und Gregory sogar aufzuregen.

„Warum hörst du nicht damit auf, Roger? Er war das Bindeglied …

„Glaubst du, das wäre ein Beweis? Roger ist eine Schildkröte mit vielen Muscheln. Ich würde sagen, dass Gregory ihm einen Auftrag gibt, ihn mit Vieh zu versorgen, das zu ihm passt, und da Gregory in Wirklichkeit Bullen kontrolliert hat und mit ihnen auf der Route handelt, würde er nicht erklären, dass er im Hintergrund der erstellten Pläne war seinen Arbeitgeber des Geldes zu berauben, hätte nur die Quittung unterschrieben. Roger würde nicht legal dienen, es sei denn, er beschloss, Dinge zu melden, die er weiß, und er würde es nicht tun, weil er weiß, dass er damit sein Todesurteil unterzeichnet hätte.

„Es bleibt nur noch herauszufinden, wer die Schlägerei gemacht oder so getan hat, als ob sie sie veranstalten, um ihren Arbeitgeber zu verletzen und ihn seines Geldes zu berauben. Ich habe angeordnet, Nachforschungen anzustellen, um die Randalierer ausfindig zu machen; aber ich befürchte, dass dies lange dauern wird, bis sie bekannt sind und noch länger, um sie ausfindig zu machen, weil sie darauf geachtet haben, sich schnell zu tarnen, um die Spur zu löschen und die Wahrheitserklärung zu erschweren.

Saúl, der immer unruhiger wurde, rief aufgeregt:

„Nein, das kann nicht sein! Sie haben die Befugnis, einzugreifen und Gregors illegales Recht, das Vieh zu stehlen, auszusetzen. Das alles hat etwas Verwirrendes, und es liegt an Ihnen, Plünderungen zu vermeiden.

„Denken Sie daran, dass Gregory heute Abend verabredet ist, um das Vieh zu holen. Er sagte, er würde sich ihm mit einem größeren Rudel auf dem Weg nach Abilene anschließen, und wenn er ihn mitnahm, würde mein Boss sein Vieh und sein Geld verloren haben und ihn an den Rand des Ruins bringen.

„Ich bitte Sie, mit mir zu kommen und auf die Ankunft des Mobs zu warten, und ich bitte das Vieh, einzugreifen, bis alles geklärt ist. Mach es so, denn wenn du es nicht tust, schwöre ich, dass ich jeden erschieße, der dort auftaucht mit dem Vorwand, dass sie dir ihr Vieh geben".

Der "Sheriff", der die Schwere der Argumentation erkannte, sagte:

„Nun, versuchen wir es. Diese Angelegenheit wird sehr hässlich und ich fürchte, sie wird unangenehm enden.

Er rief den Kommissar und befahl ihm, sich ihnen anzuschließen, und die drei gingen zu dem Ort, an dem das Bündel gewesen war.

KAPITEL V

DAS ENDE EINER PLANUNG

McClellans Bauern waren nach Sauls Befehl in Bereitschaft gewesen. Die Nachricht, die sie über ihren Arbeitgeber erhalten hatten, hatte sie beeindruckt. Es war noch keine dreiviertel Stunde her, seit Saul das Vieh verlassen hatte, als Gregory erschien, begleitet von einem halben Dutzend Kerlen, die ihrer Kleidung nach zu urteilen wie Cowboys aussahen.

Gregor fragte:

„Wo ist dein Vorarbeiter?

Der Bauer wollte es ihm nicht erklären und sagte nur:

„Er ist ins Dorf gegangen. Sie wollen?

„Er hat zugestimmt, hier zu warten. Ich bin gekommen, um das Vieh abzuholen, das ich von Ihrem Chef gekauft habe.

„Du musst entweder später wiederkommen oder warten, bis einer von ihnen zurückkommt. Ich bin nicht berechtigt, in Abwesenheit meines Arbeitgebers und meines Vorarbeiters ein einziges Rindfleisch zu liefern.

„Ich warne Sie, dass diese Rinder seit einer Stunde mir gehören. Im Zweifelsfall hier das Verkaufsdokument mit der Unterschrift Ihres Arbeitgebers.

„Ich bestreite es nicht, aber das bringen Sie unserem Vorarbeiter bei oder warten auf die Rückkehr des Chefs.

„Ich kann es kaum erwarten und sie wissen es. Wir haben vereinbart, dass die Operation heute Nacht durchgeführt wird, da diese Rinder bei Tagesanbruch nach Abilene aufbrechen müssen. Wenn sie es ruhig angehen lassen, habe ich das nicht und ich brauche das Vieh jetzt.

"Ich wiederhole das...

Er konnte den Satz nicht beenden. Gregorys Gefährten, die sich strategisch positioniert hatten, während der Spieler mit dem Arbeiter stritt, zogen auf ein Signal, das einer von ihnen gab, schnell ihren Revolver, und als McClellans drei Cowboys reagieren und defensiv werden wollten, war es zu spät, denn halb Dutzende "Colts" bedrohten sie finster.

„Hebe deine Arme, schnell! Gregor bestellt. Niemand widersetzt sich mir, wenn der Grund bei mir liegt. Heben Sie Ihre Arme, wenn Sie nicht wollen, dass meine Männer Sie erschießen.

Es gab keine Option; sie hatten die Führung übernommen, und jeder Verteidigungsversuch bestand darin, sich der Aufnahme einiger Unzen Blei auszusetzen, ohne sie zurückzugeben.

Die drei Bauern, angespannt, gehorchten und Gregory befahl:

„Bringen Sie sie in eine Position, damit sie nicht im Weg sind.

Einer, ohne den "Colt", der fest zielte, loszulassen, näherte sich und zog als erstes den drei Peons ihre Revolver aus. Als sie unbewaffnet waren und keine Gefahr darstellten, befahl er erneut:

„Binde sie gut zusammen und lass sie überall liegen. Wenn sein Chef oder sein Vorarbeiter kommt, wird er dafür verantwortlich sein, sie zu lösen.

Ohne etwas zur Flucht tun zu können, wurden die drei gefesselt und an den Füßen eingesperrt. Dann zogen sie sie beiseite und ließen sie auf dem Boden liegen.

„Komm schon, schnell!“, warnte Gregory.“ Ich brauche dieses Vieh sicher, bevor es kompliziert wird.

Nun zwangen Gregors Gefährten die Hörner ungehindert auf die Füße, wenn auch nicht sehr willens, und schob das Bündel schnell, indem sie die Pferde bestiegen, die sie dorthin gebracht hatten, aus der Mulde.

Gregor bestellte:

„Bring sie zum Corral und beobachte sie gut. Ich gehe zurück in die Stadt, wo ich noch dringende Dinge zu erledigen habe. Dies ist gelöscht.

Die Herde, vor Wut gebrüllt, weil sie aus dem Schlaf geweckt worden war, entfernte sich nach Osten, und als sie schon weit weg war, machte sich Gregor auf den Weg zum Dorf.

Ein schiefes Lächeln umspielte seine Lippen. Der Putsch war ohne einen einzigen Fehler durchgeführt worden, und der "Sheriff", egal wie sehr er sich bemühte, seine Ermittlungen zu verfeinern, konnte ihm nie etwas vorwerfen, was passiert war. Er hatte ein solides Alibi, das zeigte, dass er "The Silver Dollar" aufgegeben hatte, bevor der Kampf ausbrach und der Rancher angegriffen wurde.

Und da er nach der von McClellan unterschriebenen Quittung rechtfertigen konnte, dass er die Rinder bezahlt hatte, hatte niemand das Recht, ihre Mitnahme zu bestreiten, selbst wenn es mit Gewalt geschehen war, indem man ihm die Lieferung seines Eigentums verweigerte. Zwar musste der "Sheriff" feststellen, dass der Vorfall von seinen Freunden verursacht wurde, aber er konnte nicht für das, was seine Freunde taten, verantwortlich sein und vieles mehr, wenn er nicht anwesend war.

Und was das fehlende Geld angeht, soll er beweisen, wer es gestohlen hat.

Gregory verschmähte nicht, dass die Angelegenheit eine etwas dichte Atmosphäre erzeugen würde und dass die Dinge für ihn einige Tage in Aufruhr sein würden; aber da der Viehzüchter nicht gestorben war, sondern nur eine Wunde erhalten hatte, die anscheinend nicht tödlich war, würde die Sache mehr oder weniger spät vergessen und er hätte von einer guten Anzahl Rinder profitiert, ohne mehr als einen kleinen Teil zu zahlen, der unter diejenigen, die ihn unterstützt hatten.

Damit diese für ein paar Tage aus dem Verkehr gezogen wurden, würde es dem "Sheriff" genügen, sich zu langweilen und den Vorfall am Ende zu vergessen, erst recht, wenn der Interessent, einmal aus dem Krankenhaus, wieder in sein Krankenhaus musste Ranch, ohne dort bleiben zu können, um eine so schwierige und verwässerte Angelegenheit zu beseitigen.

* * *

Die Überraschung des "Sheriffs", von Saúl und des Kommissars, als sie die Mulde erreichten und sie ohne Vieh vorfanden, war enorm, Saúl brüllte einen lauten Fluch aus:

"Was bedeutet das? Wie sind die Rinder verschwunden und wo sind meine Bauern, die es erlaubt haben? ...

Der Kommissar, der um ihn herum nach etwas suchte, rief:

„Ich sehe da ein paar Klumpen, Boss. Sehen Sie sie.

Er zeigte auf einen abgelegenen Ort, wo die drei Peons, gefesselt und geknebelt, sich mühten, sich von ihren Fesseln zu befreien.

Sie eilten ihnen zu Hilfe und nachdem er sie losgelassen hatte, brüllte Saul:

„Was ist passiert? Wie wurden Sie überrascht?

Einer der Bauern knurrte:

„Wenn Sie hier gewesen wären, wäre Ihnen dasselbe passiert. Sie waren zu sechst und dieses Schwein Gregory, und während ich mit ihm argumentierte und ihm sagte, er solle auf deine Rückkehr warten, zeigten seine Männer auf uns und wir konnten nichts tun, um uns zu verteidigen.

„Er kam und zeigte einen Zettel, der angeblich die Quittung dafür war, dass er das Vieh vom Chef gekauft hatte, und er war sehr empört, weil Sie nicht wie vereinbart auf ihn warteten. Sie haben uns außer Gefecht gesetzt und das Vieh weggenommen".

Saul brüllte vor Mut. Sie hatten ihrem Arbeitgeber nicht nur Geld gestohlen, wofür er nicht verantwortlich war, sondern sie hatten auch das Vieh mitgenommen und dieses Verschwinden wurde als verantwortlich angesehen.

„Hell's Bells!" Er brüllte: „Wo sind unsere Hörner geblieben?

Der Bauer zeigte an:

„Auf den Befehl, den Gregory seinen Männern gab, wurden sie zu einem eigenen Korral gebracht.

„Ein Korral von dir? Wissen Sie, wo dieser Korral ist, Sheriff?

„Ja, aber … was können Sie tun? Rechtlich gehören die Rinder ihnen und sie werden sie nicht gehen lassen. Wenn es erreicht ist, wo werden die Rinder sein?

Saúl ließ sein Gehirn mit vollem Druck arbeiten. Er hatte sich nicht damit abgefunden, alles zu verlieren und suchte nach einer Möglichkeit, das Vieh zumindest zu retten.

Schließlich glaubte er, eine Lösung zu finden, und fragte:

""Sheriff"... bist du überzeugt, dass Gregory ein beispielloser Dieb und Schurke ist?

„Ich habe diese Überzeugung schon lange, aber er ist so schlau, dass ich es nie geschafft habe, ihn ins Netz zu bringen, egal wie sehr ich mich bemüht habe.

„Gut, aber hier ist etwas, das Sie mit perfektem Recht machen können.

"Die Tatsache, dass?

„Meine Bauern wurden überfahren, bedroht und mit Handschellen gefesselt. Das ist etwas, das außerhalb des Gesetzes liegt, und dafür kann man Verantwortung einfordern.

„Was würden wir voranbringen? Gregor wird behaupten, dass die Lieferung verweigert wurde und dass er in Ausübung seines Rechts das Vieh mitgenommen hat.

„Er hatte die legale Möglichkeit, zu Ihnen zu kommen und zu verlangen, dass sie ihm übergeben werden. Was Ihre Männer getan haben, muss bestraft werden.

„Welche? Ich kann eine Geldstrafe oder ähnliches verhängen.

„Es ist mir egal, was er ihnen auferlegt, was mir wichtig ist, ist, dass er in rechtmäßigem Gebrauch von seiner Autorität am Korral erscheint und seine Arbeiter zwingt, ihm in seine Büros zu folgen, wo er eine Erklärung abgeben muss." beschuldigt sie des Missbrauchs von Gewalt. und droht. Ich interessiere mich nur, wenn du sie für ein paar Stunden von dort wegnimmst.

„Ich konnte nicht alle mitnehmen. Wenn sie das Vieh verlassen lassen und außer Kontrolle geraten ...

„Als Pferch ist es ein geschlossenes Reservat, bei dem es genügt, einen zu verlassen. Es ist das, was ich brauche.

"So dass?

„Um ihn zurückzuschlagen. Er hat unser Geld und unser Vieh gestohlen. Es wäre, einen Dieb zu schützen, indem man das Produkt vor Diebstahl schützt, und meine Idee ist, während Sie diese Typen in die Büros bringen, auch wenn Sie sie später mit einer Geldstrafe bestrafen, beschlagnahmen Sie das Vieh, das legal uns gehört, und nehmen Sie es mit weg, wie er greift. hat sie genommen. Sie können nicht dafür verantwortlich gemacht werden, was außerhalb Ihrer Reichweite passiert, und, wenn Gregory möchte, später eine Anzeige wegen des Diebstahls zu erstatten.

„Vielleicht wird die Situation dadurch etwas komplizierter und er selbst wird sich in jenem Netz verfangen, aus dem er immer entkommen ist. Ich möchte Sie warnen, dass ich kein Mann bin, der einen Angriff gegen mich in der Luft lässt, und dass ich bereit bin, zwei Dinge zu tun; zum einen das Vieh zu retten und zum anderen so weit wie möglich zu gehen, um zu beweisen, dass dieser Geier den Trick organisiert hat, um meinen Boss auszurauben. Sie waren im Begriff, Sie zu töten und auszurauben, und wenn Sie nichts Positiveres gegen diesen Mann tun können, können Sie mir helfen, es zu versuchen.

Der "Sheriff" dachte über den Vorschlag nach und traf schließlich eine drastische Entscheidung, antwortete er:

„Sie haben Recht. Wenn die üblichen Verfahren nicht dazu dienen, diejenigen zu bestrafen, die es verdienen, ist es fair, auf irreführenden Wegen vorzugehen, um das vorgeschlagene Ziel zu erreichen ; sogar Gregory, wenn er da ist.

„Du wirst ihn nicht finden. Sie haben gehört, dass er ins Dorf gegangen ist.

„Kommen Sie, Herr Kommissar.

Saúl, der den Befehl hörte, intervenierte:

»Ich werde ihm aus der Ferne folgen, um herauszufinden, wo die Pferche ist. Ich werde mit meinen Peons gehen und wir werden uns verstecken, bis wir ihn mit denen, die den Korral bewachen, gehen sehen.

„Was wird er tun und wohin wird er das Vieh bringen, wenn er es zurückbekommen kann?

„Ich weiß es noch nicht, aber ich werde darüber nachdenken. Was ich verspreche ist, dass Gregory es nicht zurückbekommt und dass ich ihn besuchen werde, um ihm zu berichten, was passiert ist. Ich habe vor, in San Antonio zu bleiben, bis mein Arbeitgeber geheilt ist und das Krankenhaus verlässt. Morgen, wenn das Vieh in Sicherheit ist, gehe ich ins Krankenhaus, um Sie zu sehen, und dann werde ich Sie besuchen.

"Sehr gut. Ich mag entschlossene Leute wie dich und es wäre mir eine Freude, wenn mir jemand außerhalb meiner, gesetzlich eingeschränkten Aktivitäten die Möglichkeit geben würde, diesen Typen abzulehnen. Vor nicht allzu langer Zeit hat er einen Rivalen genommen" der ihm im Weg stand und einen Vorwand suchte, um ihn zu liquidieren, ohne ihn des Mordes beschuldigen zu können, er ist schlüpfrig wie eine Schlange.

„Schlangen neigen auch dazu, jemanden zu treffen, der weiß, wie man sie jagt. Irgendwann wird es demonstriert.

Im strahlenden Mondschein brachen sie auf. Gregorys Pferch befand sich mehr als eine Meile entfernt, an einer Stelle am Rand der ehemaligen großen Straße, zu der fast immer die Herden aus dem Süden kamen.

Als sie sich näherten, sagte der "Sheriff":

„Der Pferch befindet sich auf der rechten Seite, ungefähr zweihundert Meter.

„Nun, wir bleiben hier hinter der Hecke, während du zum Corral kommst. Ich denke, wir werden ihn sehen, wenn er wieder in der Stadt ist.

„Ja, ich werde ein Stück von hier aus passieren.

Saúl und seine Arbeiter versteckten sich hinter der Hecke und der "Sheriff" rückte mit dem Kommissar weiter vor, bis sie den Pferch erreichten.

Jemand, der den Eingang bewachte, hielt sie auf:

„Wer geht? Geh nicht weiter.

Der Sheriff brüllte wütend:

„Behalte diese Waffe und beiße dir auf die Zunge, dass ich es nicht bin, der Befehle zulässt, sondern sie gibt. Ich bin der "Sheriff" bei einem Kommissar von mir.

Der Raufbold zögerte, aber er wusste, wie gefährlich es war, sich dem "Sheriff" zu widersetzen, und gehorchte.

„Entschuldigen Sie", sagte er, „aber es gibt viele Schurken da draußen, und wir haben tausend Rinder im Gehege.

"Ich stimme deiner Meinung zu. Es gibt viele Schurken da draußen und anderswo.

Er trat vor und stieg vor der Tür ab und fragte:

"Wo ist dein Chef?

"In der Stadt.

„Wie viele Leute halten hier das Vieh?

„Wir sind vier Bauern.

„Hast du Bauern gesagt? Ich würde dich passender nennen.

„Du kannst die Leute nennen, wie du willst, weil du in diesem Stern Zuflucht suchst.

„Ich nehme zu nichts Zuflucht. Wenn ich sage, dass ich sie anders nennen würde, dann deshalb, weil ich Gründe dafür habe. Sie haben heute Abend ein Bündel von Mr. McClellan überfallen und nicht nur das Vieh mitgenommen, sondern Sie haben auch gedroht, die Peons, die es bewachten, zu töten, und Sie haben sie misshandelt und wie eine Herde Widder gefesselt. Ist es, dass sie ignorieren, dass dies eine Sanktion hat?

Der oben erwähnte wütende rief:

„Du bist falsch informiert. Diese Rinder sind Eigentum von Mr. Scott. Er kaufte sie heute Abend, bezahlte sie mit Bargeld und erhielt im Gegenzug ein Dokument, das beweist, dass er sie bezahlt hatte und dass sie ihm gehörten. Sie hatten sie Ihnen noch heute Nacht zugestellt, und wir haben sie vereinbarungsgemäß gesucht. Sie wollten sie uns nicht aushändigen oder die Quittung bestätigen, die die Rechtmäßigkeit der Forderung bewies, und deshalb haben wir uns entschieden, sie zu nehmen, da sie vom Arbeitgeber waren. Wenn die Bauern reduziert werden mussten, war es ihre Schuld und sie haben überprüft, dass ihnen niemand geschadet hat.

„Okay, aber sie haben zu Gewalt gegriffen und das ist strafbar. Wenn sie sich weigerten, sollte der Weg zu mir kommen. Zeigen Sie mir das Dokument vor, aus dem hervorgeht, dass das Vieh seinem Chef gehörte und ich mit meiner Vollmacht die Lieferung erzwungen hätte. Auf meinen Boden zu treten und so zu handeln, als ob die Autorität in Ihren Händen wäre und nicht in meinen, ist etwas, dem ich nicht zustimme. Da mir deshalb eine Anzeige wegen Missbrauchs und Misshandlung von Arbeitern vorgelegt wurde, suche ich Sie, um mich in mein Büro zu begleiten, um dort eine Erklärung abzugeben. Was ich gegen dich habe, hängt davon ab, was dabei herauskommt.

"Wir können das Vieh nicht verlassen lassen", sagte der Unerwünschte wütend. Finde Gregory und sag ihm...

„Behalte deinen Rat für dich, ich brauche ihn nicht. Von Gregor werde ich die ihm entsprechende Verantwortung fordern, aber Sie werden nicht ohne Verantwortung für den Überschuss bleiben. Ich habe die Exzesse satt, die sie auf die eine oder andere Weise begehen, und das wird ein Ende haben.

„Wenn ihr vier seid, wenn einer von euch die Tür bewacht, reicht es. Die anderen werden mit mir kommen und wenn sie zurückkommen, müssen sich die anderen sofort in meinem Büro melden.

Der Peon, schon außer sich, antwortete schroff:

„Ich sage ihm, er soll Gregory finden und dass er …

„Ich sage ihm, er soll vor Ort mitkommen und keine Spiele spielen, ich habe nicht die Geduld für viele Witze. Du machst meine Nacht bitter und ich bin nicht bereit, dass sich jemand über mich lustig macht. Sie werden mich zum Guten begleiten, aber sie wollen, dass ich zur Gewalt appelliere, und es wäre schlecht, wenn ich ihnen zeigen muss, wie ich sie anwenden kann. Behalte besser deine Unmäßigkeit und folge mir, wenn du nicht willst, dass ich dich für immer aus San Antonio rauswerfe.

Die Drohung war ernst, denn wenn er sie aus der Stadt verbannte und sie es wagten, zurückzukehren, würde er sich nicht scheuen, sie für eine Weile einzusperren.

Er biss sich auf die Lippen und brüllte:

„Du bist die Macht und wir müssen uns ihr gegenüber demütigen, aber wenn in unserer Abwesenheit etwas passiert, bist du dafür verantwortlich.

„Das ist mein Ding und nicht deins. Wähle den, der bleiben soll und die anderen gehen vor mir her.

Sie wurden zum Gehorsam gezwungen und ließen einen zurück, der den Pferch bewachte, die anderen drei folgten dem "Sheriff" und dem Kommissar auf ihrem Weg zum Dorf.

KAPITEL VI

MIT IHREN GLEICHEN WAFFEN

Saúl und seine drei Peones, versteckt in der Hecke, sahen die Gruppe, die aus dem "Sheriff", seinem Kommissar und drei der Unerwünschten bestand, nicht weit vorbeiziehen. Saúl berechnete, dass es nicht mehr als ein oder zwei sein durften, wenn jemand die Pferche pflegen musste.

Und als sie weit weg waren und keine Gefahr für sie darstellten, befahl Saul:

Gehen. Ich weiß nicht, mit wem wir umgehen können, aber ich denke, es werden nicht mehr als zwei sein. Sie müssen die empfangene Beleidigung rächen und zurückgeben, was sie Ihnen zuvor angetan haben.

Die wütenden Peons erklärten, dass sie sich diesmal rächen würden und die vier machten sich auf den Weg zum Corral.

Nicht lange danach entdeckten sie ihn. Einige Rinder, die wegen der Enge des Geheges nervös waren, brüllten wütend und prangerten ihre Anwesenheit an.

Saúl befahl, die versteckten Revolver in den Handflächen zu tragen, und wenn sie sahen, dass die Situation ihr Leben gefährden könnte, mussten sie ohne Nachdenken schießen.

Eine drohende Stimme rief sie zum Stehen:

„Hinter! Hier haben sie nichts verloren.

Da die Bauern oder falschen Bauern, die Gregor geschickt hatte, um das Vieh zu beschlagnahmen, sie Saul nicht kannten, weil er nicht unter ihren Bauern war, als die Überraschung geschah, konnte er vom Hüter des Pferchs und Saul kühn nicht erkannt werden , Er trat vor und sagte heiser:

Halten Sie Ihre Hände ruhig. Der Häuptling schickt uns, um die Wache zu verstärken. Es scheint, dass er das Eingreifen des "Sheriffs" fürchtet und ...

"Der "Sheriff"? Er hat schon eingegriffen und alle außer mir mitgenommen. Er will uns eine Geldstrafe für den Angriff auf das Bündel auferlegen und ich weiß nicht was noch Boss hat dich geschickt, denn so wirst du dich darum kümmern, während ich ins Dorf renne, um ihn zu suchen, damit er weiß, was passiert. Ich habe Angst, dass der "Sheriff" diejenigen in seinen Käfigen einsperrt, die genommen worden...

"Nun", sagte Saul und versuchte die Freude zu verbergen, die die Entscheidung des Raufboldes in ihm hervorrief, "wenn du denkst, du solltest ihn besuchen, dann tu es. Zu dieser Zeit war es in "The Silver Dollar."

„Also, ich denke, ich bin in einer Stunde zurück. Ich nehme mein Pferd.

Er drehte sich um, um sein Reittier zu finden. Saul bedeutete seinen Peons, die Hutkrempe über die Augen zu biegen. Obwohl der Mond in einiger Entfernung und mit nach vorne geneigten Hüten schien, war es für die Unerwünschten nicht leicht, sie zu erkennen.

Er sprang auf den Stuhl und sagte:

„Passen Sie gut darauf auf und lassen Sie niemanden in die Nähe des Corrals. Ich bin gleich wieder da.

„Keine Sorge, wir lassen niemanden zu nahe kommen.

Der Kerl zwang sein Pferd zum Galopp und Saul wartete angespannt darauf, dass er wegging. Als er außer Sicht war, befahl er nervös:

„Schnell! Diese Rinder müssen hier raus.

„Aber was machen wir mit ihnen? Gregory wird nicht lange brauchen, um zu erfahren, was passiert ist, und versucht, sie zu retten. Tausend Hörner werden nicht im Ärmel der Jacke aufbewahrt.

„Nein, aber an einem geeigneten Ort, um sie aus der Sichtweite von jedem zu entfernen und sie gegebenenfalls zu verteidigen. Als wir ankamen, bemerkte ich, dass es ungefähr zwanzig Meilen von hier ein ideales Terrain gibt, um sie zu tarnen. Eine Reihe von Hängen verbirgt ein tiefes Gelände und dort können wir sie nehmen. Auf der Piste hoch aufstellend, können mehr als ein Dutzend Männer mit Schüssen aufgehalten werden. Beeilen Sie sich, ich kümmere mich um den Rest.

Die Peones öffneten die Tür des Corrals und während einer von ihnen die Bullen zum Gehen drängte, sorgte Saúl mit den anderen beiden Peons dafür, dass die Bullen nicht aus dem Ruder liefen und gruppiert wurden.

Als fast alle draußen waren, organisierte er die Fahrt, gefolgt von der letzten Abfahrt und mit voller Geschwindigkeit fuhren sie nach Süden, geführt von Saul, der das Gelände kannte.

Der kühne Vorarbeiter war überglücklich. Wenn er das von seinem Arbeitgeber gestohlene Geld nicht zurückbekommen konnte, hatte er zumindest das Vieh zurückbekommen und die Verluste wären minimal.

Trotzdem war er mit der Rettung nicht zufrieden. Gregory hatte ihn mit seinen geschickten Manövern gedemütigt und neben dem Raub seines Arbeitgebers war er seinetwegen verwundet worden. All dies hatte seinen Preis und er war nicht bereit, San Antonio zu verlassen, ohne zuerst dem unerwünschten harten Kern eine Rechnung zu stellen.

Die Hatajo, wütend über den Mangel an Ruhe, galoppierten und brüllten heftig, aber sie gewannen an Boden und verließen die Stadt in einem dämonischen Marsch.

Saul war von der schönen Nacht begünstigt, die er machte. Nur mit einem so wertvollen Verbündeten wie diesem großen, runden, prächtigen Mond hätte er sein kühnes Vorhaben verwirklichen können.

Sie galoppierten fast zwei Stunden lang, bis Saul, der als Vorhut das Gelände absuchte, den Ort entdeckte, auf den er angespielt hatte. Herrlich bestellt:

„Pass auf, dass der Haufen nicht weiterzieht. Ich werde dies erkennen und den besten Platz finden, um auf die andere Seite zu gehen und das Vieh sicher verlassen zu können.

Er fand einen breiten Riss und gab den Befehl, die Hörner hindurchzuschießen. Eine halbe Meile entfernt gab es ein sehr breites Loch, in dem sie gesammelt werden konnten.

Das Manöver wurde schnell und ohne Pannen durchgeführt, und als das Vieh endlich das Loch erreichte, legten sich die Staaten, müde vom Spaziergang und schläfrig, ins Gras und hörten auf zu muhen.

Saúl versammelte zufrieden die drei Peons und sagte:

„Ich gehe zurück ins Dorf. Ich möchte wissen, was dort passiert, und wenn es Tag ist, muss ich den Chef im Krankenhaus aufsuchen, um zu sehen, wie es ihm geht. Ich weiß nicht, wann ich zurückkehren werde, aber ich überlasse Sie der Obhut des Viehs und hoffe, dass sich die Überraschung heute Abend nicht wiederholt. Du hast Waffen, bist keine Feiglinge und nimmst da oben Stellungen, das kannst du gut verteidigen. Bewache einen, während die anderen eine Weile schlafen und warte ruhig, denn ich weiß nicht, wann ich zurückkomme.

„Ich denke, es wird vor nächster Nacht sein. Wenn es länger als zwei Tage dauert, kehren Sie mit den Rindern zur Ranch zurück und einer von Ihnen kehrt nach San Antonio zurück, um herauszufinden, was mit mir passiert sein könnte. Der Chef hat ein paar Wochen im Krankenhaus und der "Sheriff" würde uns über alles informieren.

Er wollte keine Zeit mehr verlieren und kehrte, in den Sattel springend, auf dem Weg ins Dorf um, aber aus Angst, in Gregors Diensten Raufbolden zu begegnen, entschied er sich, die Spur zu verlassen und über das Land zu galoppieren.

Es war spät in der Nacht und bald würde die Sonne wieder scheinen. Er war müde von den Tagen des Fahrens und den Zwischenfällen während dieser unvergesslichen Nacht, aber tief in seinem Inneren nutzte er seine Müdigkeit als Gegenleistung für den

Erfolg, den er erzielt hatte, und die Gegenreaktion, die er mit dem unerwünschten Härten bewältigt hatte.

Letzterer hatte zusammen mit "El Pecas" und zufrieden über den Erfolg seines Umzugs den Rest der Nacht im "El Caballo Salvaje" verbracht. Er wollte an diesem Abend nicht für "The Silver Dollar" erscheinen und für den Fall, dass der "Sheriff" ihn suchen und die Situation verkomplizieren würde.

Das Sicherste war, dass McClellans Vorarbeiter den Angriff auf das Bündel anprangerte und der "Sheriff" versuchte herauszufinden, was passiert war.

Er spielte zusammen mit seinem Sekundanten im Raum, als er, als er die Augen hob und zur Tür blickte, während der "Croupier" auf den Moment wartete, das Roulette zu starten, er fassungslos war, als er einen der Unerwünschten im Raum auftauchen sah dass er den Korral bewacht hatte.

Er vermutete, dass etwas passiert war, damit der Typ nach ihm suchte, stand abrupt auf und sagte zu "El Pecas":

„Kümmere dich um meine Chips. Da kommt James und ich habe keine Lust auf seine Anwesenheit hier.

Er ging hinaus, um den Raufbold zu treffen:

"Was suchst du hier?

"Teufel! Wonach soll ich suchen? Zu dir. Sie sagten mir, ich würde ihn in "The Silver Dollar" finden, aber er war nicht da und ich wusste nicht, wo ich ihn finden sollte.

„Also das? Ist etwas passiert?

„Natürlich ist es passiert. Der "Sheriff" ist mit einem Kommissar im Corral aufgetaucht, um nach uns zu suchen. Sie haben ihn denunziert, dass wir das Vieh mit Gewalt beschlagnahmt und die Arbeiter misshandelt haben und er beabsichtigte, uns alle in seine Büros zu bringen.

„Er drohte mit Gewalt und allem Notwendigen, um uns wegzubringen, und meine Begleiter mussten gehorchen und ließen mich in der Obhut des Korrals zurück. Sie haben uns gesagt, dass wir es vermieden haben, den "Sheriff" zu konfrontieren und den Revolver nicht anfechten konnten. "

„Also, wenn du allein gelassen würdest, wie? ...

„Kurz nachdem die vier Bauern, die Sie als Verstärkung geschickt haben, eingetroffen sind und ich ihre Anwesenheit ausgenutzt habe, um sie der Obhut des Corrals zu überlassen, und ich kam, um Ihnen Bericht zu erstatten, was passiert ist, damit Sie ...

„Was haben Sie vier Bauern hinterlassen, um sich darum zu kümmern? Was für Bauern oder was zum Teufel, wenn ich niemanden schicke?

"Nicht? Einer hat mir gesagt, dass du sie geschickt hast und ich ...

Gregory ahnte etwas von dem, was passiert war, und in einer brutalen Reaktion tippte er auf seinen Arm und versetzte James einen schrecklichen Schlag auf den Mund, der ihn zwei Meter weit wegschleuderte.

Der Schlag war so brutal gewesen, dass der Raufbold auf dem Boden liegen blieb, das Bewusstsein beraubt und Blut aus seinem Mund floss.

Gregory, ohne die Reaktion derer abzuwarten, die James' Sturz miterlebt hatten, schritt auf der Suche nach dem Ausgang zur Tür. "El Pecas", spürte, dass etwas Ernstes passierte, nahm schnell die Chips, die auf dem Tisch lagen und die ihm und seinem Chef gehörten, und rannte hinter ihm her, ohne sich um seinen gefallenen Begleiter zu sorgen.

Er holte ihn auf der Straße ein und gesellte sich nervös zu ihm:

„Was ist los, Chef?

„Was ist los? Dass Idioten wie James und anderen nicht vertraut werden kann. Ich vermute, sie haben sich über ihn und mich lustig gemacht und das Vieh gerettet, das wir heute Nachmittag beschlagnahmt hatten.

"Es ist nicht möglich!

"Nicht?

„Wenn du vier übrig hast, behältst du das ...

„Ja, aber der ‚Sheriff' ging zu einem Kommissar und nahm die anderen drei mit und beschuldigte sie, Gewalt mit den Arbeitern angewendet zu haben, um das Bündel zu beschlagnahmen. Nur James blieb und ... jemand wusste, was passieren würde, denn kurz darauf... , vier tauchten auf und sagten, dass sie von mir geschickt wurden, um die Überwachung des Korrals zu verstärken. James, der Idiot, dachte nicht daran, dass er keinen von denen kannte, die auftauchten, und dass alles ein Trick war Er ließ sie dort, um herauszufinden, was passiert war, und ich würde meinen Kopf gegen einen Dollar wetten, dass, wenn wir gehen, keine einzige Kuh im Corral ist.

"Hell's Bells! ... Wenn das so passiert ist ... sobald wir diese Buharros ausfindig machen, werden einige von ihnen keine Zeit haben, den Spott zu bereuen.

"Wenn wir sie finden," Sommersprossen. "Wir gehen zu "The Silver Dollar", um diejenigen abzuholen, die dort sind, und wir werden zum Corral ziehen; Aber ich fürchte, es ist zu spät

„Wenn sie genommen wurden, werden wir nach der Spur suchen und selbst wenn wir ihr bis zur Hölle folgen müssen, werden wir ihr folgen.

Sie tauchten hastig in der Spielhölle auf. Sie fanden nur vier von der Bande beim Pokern.

„Nimm dein Spiel und folge mir. Wo sind deine Pferde?

„Da draußen, Chef.

„Nun, suchen Sie sie.

Gregorys Pferde und '"El Pecas" waren in einem nahegelegenen Gehege und letzterer machte sich auf die Suche nach ihnen.

Eine Viertelstunde später galoppierten die sechs wie Dämonen auf den Weg zum Gehege.

Gregorys Wut kannte keine Grenzen, als er merkte, dass er sich nicht täuschen ließ. Der Korral war offen und einsam.

„Habe ich dir nicht davon erzählt? Ich wurde mit der Faust gekämpft und dies ist das erste Mal in meinem Leben, dass niemand eine solche Arbeit an mir gemacht hat.

"El Pecas" war so wütend wie sein Chef und als er das Land untersuchte, brüllte er:

„Wir können die Spur suchen. Es ist noch nicht so lange her, dass sie gehen mussten.

„Glaubst du, dass es möglich ist? Vergisst du, dass diese Seite der Prärie von Tausenden von Rinderhufen zerquetscht wird und dass die Fußabdrücke zu Furchen verwechselt werden, die nicht zu erkennen sind? Auf der anderen Seite im Licht des Mondes es ist unmöglich zu suchen, was im Licht der Sonne sehr schwierig ist.

„Allerdings muss etwas …

Alle sechs versteiften sich und zogen ihren Revolver, aber wenig später warnte Gregory:

„Einfrieren! „Das sind unsere Männer, die zurückkehren.

Tatsächlich waren sie die drei Raufbolde, die der "Sheriff" mitgenommen hatte.

Als man Gregory in Begleitung von "El Pecas" und vier anderen persönlich sah, rief einer aus:

"Was ist los, Boss? Weil du?...

„Was ist los?

Und ich zeige auf den leeren Korral.

Er hörte auf; einige Reiter galoppierten vorwärts.

„Dämonenhörner! Wo ist das Vieh?

„Das würde ich gerne wissen, Bem.

Aber wie ist es verschwunden? Wurde James angegriffen?

„James ist ein Arschloch. Sie ließen sich von denen täuschen, die wir Stunden zuvor angebunden und das Vieh mitgenommen hatten.

Die Unerwünschten kamen nicht aus ihrem Erstaunen. Dies schien so unerhört zu sein, dass es ihnen schwer fiel, es einzupassen.

„Und jetzt das? fragte einer.

»Ich weiß es nicht, aber ich schwöre Ihnen, dass Gregory Scott sich an die Sekunden erinnern wird, die er braucht, um ihn vor meinen Revolver zu legen, sobald wir das Vieh entdecken oder wissen, wer das Stück erfunden hat.

"El Pecas", der ein subtiler und misstrauischer Typ war, intervenierte und sagte:

„Boss, kommt es Ihnen nicht sehr seltsam vor, dass, sobald der ‚Sheriff‘ auf der Suche nach diesen kam, die anderen auftauchten, um das Vieh zu holen? Könnte es sein, dass der ‚Sheriff‘ geholfen hat, die Aufgabe zu erleichtern?

Gregor versteifte sich und antwortete dann:

„Ich glaube nicht, dass der ‚Sheriff‘ zu so etwas fähig ist, obwohl ich es nicht verachte. Vielmehr denke ich, dass sie nach der Beschwerde, wenn sie sagen würden, dass sie uns suchen würde, nehmen würden das Detail ausnutzen und sich selbst aus dem Hinterhalt zuschlagen, als sie wussten, dass hier niemand oder fast niemand mehr zurückbleiben würde.

„Wie auch immer, ich werde den ‚Sheriff‘ besuchen und er wird mich hören. Ich werde Sie für den Raubüberfall verantwortlich machen, wenn Sie nicht die Täter ausfindig machen. Rechtlich gehört das Vieh mir, und was sie getan haben, ist ein eklatanter Diebstahl. Für einen so akribischen Mann wie den "Sheriff" ist es ein Muss, die Diebe zu entdecken.

"Und da jetzt nichts mehr zu machen ist, lasse ich dich hier, damit du, wenn die Sonne aufgeht, nach Möglichkeit versuchen kannst, den Hinweis zu finden, obwohl ich das bezweifle."

Er wollte gerade gehen, als "El Pecas" ihn fragte:

„Was machen wir, wenn wir die Spur entdecken?

„Es gibt sechs von Ihnen, die nicht den Mut verlieren, wenn es darum geht, den 'Colt' zum Bellen zu bringen. Folge ihm und wenn du das Vieh findest, hoffe ich, dass du mit ihnen zurückkommst. Ich habe tausend Dollar für Sie sechs, wenn Sie es bekommen.

„Wir werden versuchen, sie zu gewinnen. Sag mir jetzt, wo ich dich finden kann, wenn ich dich sehen muss.

"Ich werde den Rest der Nacht im "The Silver Dollar" verbringen und wenn es Geschäftszeit ist, werde ich den Sheriff besuchen. „Nachher, wenn nichts Neues kommt, gehe ich zum Schlafen ins Hotel. Aber du kannst dort auftauchen, wenn der Besuch interessant ist.

"Es ist okay. Wir werden sehen, was erreicht wird.

Gregor bestieg sein Pferd und kehrte ins Dorf zurück. In seinem Leben war er wütender gewesen als in dieser Nacht.

Jemand, der seinen Rekord, sein hartes und gefährliches Plakat missachtete und die Stärke, die er in San Antonio repräsentierte, als er von einem Haufen wilder und skrupelloser Schläger unterstützt wurde, hatte ihm eine Herausforderung ins Gesicht geworfen und einen Schlag versetzt, den er sich nie hätte vorstellen können. erhalten. Dies war etwas, das nach blutiger Rache schrie, und er war bereit, sich zu rächen, indem er sich allem widersetzte, was zu trotzen war.

Er wusste nicht, wer es getan hatte, aber er musste davon ausgehen, dass es das Werk des Vorarbeiters des Ranchers war. Sie hatte ihn kaum beachtet und erkannte jetzt, dass er ein sehr gefährlicher Feind war.

KAPITEL VII

EIN BEDROHLICHES INTERVIEW

Der "Sheriff" war sehr spät zu Bett gegangen. Er verbrachte viel Zeit damit, die Erklärung zu schreiben, in der er Gregorys drei Schergen vorwarf, durch einen Raubüberfall gegen das Gesetz verstoßen zu haben, selbst wenn es sich um etwas handelte, das Gregory rechtfertigen konnte, und nachdem er gegen jeden eine Geldstrafe von dreißig Dollar verhängt hatte, die er zwang sie, an Ort und Stelle zu bezahlen, wenn sie frei sein wollten, zog er sich zur Ruhe zurück.

Als er sich auszog, erinnerte er sich an Saul und fragte sich, was er ohne die Peons getan hätte. Er befürchtete, Gewalt angewendet zu haben, denn dies könnte ihn zwingen, gegen ihn intervenieren zu müssen, was ihn störte, da er überzeugt war, dass Gregory ein Schurke war, der den Trick organisiert hatte, den Viehzüchter um Vieh und Geld zu berauben und wenn Also hielt er es für fair, dass sie ihm mit ähnlichen Verfahren sein Vieh schnappten.

Am Ende schlief er ein und stand etwas spät auf. Als er sich in seinem Garten zum Waschen fertig machte, klopfte es an der Tür.

In einem T-Shirt, das Handtuch über der Schulter, ging er, um die Tür zu öffnen, und sah sich Gregory gegenüber.

Ein Blick in sein Gesicht genügte, um zu erahnen, dass er nicht besonders gut gelaunt war. Saúl musste die Arbeit erledigt haben und jetzt musste er wissen, wie er es gemacht hatte.

Er täuschte Überraschung vor, salutierte und fügte hinzu:

„Was für eine „„Ehre" für meine bescheidene Person, so früh den Besuch einer so wichtigen Person wie Sie zu bekommen! Was führt dich zum Haus des Gesetzes?

„Das ist genau das Gesetz, das mich beschützen soll, und ich bitte Sie, nicht mit Ironie mit mir zu sprechen, denn ich bin ein Mann, dem es an Humor fehlt, wenn sie ihn gekratzt und seine Haut brennen lassen.

„Sie müssen ihn mit einer Sichel gekratzt haben, um Getreide zu streuen, denn ich bezweifle, dass sie mit ihren Nägeln eine Delle in der Haut erzeugen können. Du hast es zu schwer.

„Die Haut und andere Dinge, wenn es notwendig ist, sie zu demonstrieren. Ich komme, um Ihnen anzuzeigen, dass sie letzte Nacht tausend Rinder gestohlen haben, die ich im Corral hatte, um sie zusammen mit einigen anderen nach Abilene zu schicken.

„Du meinst die, die ich letzte Nacht im Corral gesehen habe, als ich nach deinen Männern gesucht habe?

"Das gleiche.

„Hmm! Anscheinend ist dieses verdammte Bündel dazu bestimmt, alle zwei Stunden gestohlen zu werden.

"Was bedeutet es?

„Die Sie und Ihre Männer schon einmal gestohlen hatten.

"" Sheriff! „Ich stimme dieser Beleidigung nicht zu. Das Vieh gehörte mir, ich hatte es mit Geld gekauft, wie ich es rechtfertigen kann, und indem ich es leugnete, nutzte ich mein Recht, es zu beschlagnahmen.

„Es ist möglich, dass Sie das Recht hatten, sie zu beanspruchen, indem Sie sich auf den Kaufbeleg verlassen, den Sie haben: Was Sie nicht hatten, war, die Peons anzugreifen, sie zu fesseln und das Vieh zu stehlen. Ich glaube, dass der legale Weg, wenn sie ihnen verweigert wurden, „dass sie nicht verweigert wurden, sondern ihn aufforderten, auf die Ankunft des Vorarbeiters zu warten", darin bestand, zu mir zu kommen und mich zu bitten, meine Autorität aufzuerlegen, damit sie übergeben werden können ihn, wenn er das Recht hätte.

„Was Sie und Ihre Männer getan haben, war eine Frechheit, und deshalb habe ich nach Ihren Peons gesucht und sie gebracht, um den Bericht abzuholen und eine Geldstrafe gegen sie zu verhängen. Übrigens, es wird eine erscheinen und Sie auch. Die Geldstrafe Ihres Verursachers beträgt sechzig Dollar.

Gregory brüllte vor Wut.

„Ich hoffe, du machst Witze.

„Ich scherze nie mit den Dingen des Gesetzes. Es wäre mir ein Vergnügen, ihn, anstatt eine so kleine Geldstrafe zu verhängen, ruhig an einer Eiche aufzuhängen; aber ich habe immer noch keinen Beweis dafür gefunden mich damit zufrieden zu geben, was ich "legal" tun kann.

Und wenn ich mich weigere...

„Ich denke, Sie wissen, was es für einen ‚Sheriff' bedeutet, jemandem vierundzwanzig Stunden Zeit zu geben, um eine Stadt zu verlassen. Nach vierundzwanzig Minuten kann er Sie erschießen, ohne dass Sie jemand zur Rechenschaft ziehen muss.

Gregory biss sich vor Wut auf die Lippe. Er wusste, was der "Sheriff" ihm zu verstehen geben wollte, und er war nicht bereit, ihm ein Mindestmaß an Vernunft zu gewähren.

Er griff in seine Tasche, holte ein paar Scheine heraus und legte sie auf den Tisch und platzte heraus:

„Hier ist meine Geldstrafe und die des Bauern, der nicht gekommen ist. Noch etwas?

„Im Moment nichts meinerseits. Sehen wir uns jetzt an, was auf Ihrer Seite ist.

„Genau das, was du gerade angerufen hast. Fordern Sie, dass er eingreift, damit das Vieh, das mir gehört, mir zurückgegeben wird. Wenn sie es nicht tun, können sie mich nicht zensieren, wenn ich derjenige bin, der sie auf gewalttätigere Weise gerettet hat.

„Nun gut. Der Grund ist einer. Das Vieh gehört Ihnen aufgrund einer Quittung, die Sie besitzen.

„Der Kauf und Verkauf war legal und ich habe in guten Rechnungen bezahlt. Niemand kann mir etwas vorwerfen.

Und seine Freunde?

"Ich weiß es nicht. Wenn etwas passiert ist, nachdem ich "The Silver Dollar" verlassen habe, habe ich überhaupt nicht eingegriffen und im schlimmsten Fall, obwohl meine Freunde den Rancher in der Hitze des Kampfes verletzt haben, wer kann ihnen vorwerfen, es gewesen zu sein Diejenigen, die dem Viehzüchter das Geld gestohlen haben Er wurde von mehreren Kunden unterstützt und wusste, wer die Situation ausnutzte, um das Geld aus seiner Tasche zu ziehen und es zu behalten.

"Ja, natürlich ist die Situation verwirrend, viele haben eingegriffen, obwohl es verdächtig ist, dass sich alles entwickelt hat, sobald dieser unglückliche Mann das Geld erhalten hat, aber es kommt vor, dass dies, soweit ich weiß, das dritte Mal ist." es ist passiert, etwas Analoges zu den von Ihnen gekauften Rindern, alle drei, das Geld ist verschwunden, ohne zu wissen, wie oder auf welche Weise.

„Du vergisst, dass dies voller Leute ist, die nach denen Ausschau halten, die eine faire Beute anbieten können. Möchten Sie sich nicht an Woodrows Aktivitäten erinnern? Sie werden mir nicht sagen, dass Sie nicht solcher Raubüberfälle verdächtigt wurden.

„Ah ja, Woodrow! Warum hast du ihn getötet, Gregory?

„Denn wenn nicht, hätte er mich getötet. Ich habe gerade noch rechtzeitig geschossen, um ihn davon abzuhalten.

„Ja, das war sehr gut gemessen. Sie wissen, wie man Dinge auf den Millimeter genau misst; aber was waren die ursachen?

„Er hat mich einen Betrüger genannt, als er neun hintereinander betrogen hatte.

„Was du ihm überlassen hast. Wieso den?

„Ist das nicht zu viel verlangt? dazu bin ich nicht gekommen.

„Ich weiß, aber es gibt Dinge, die damit zusammenhängen. Woodrow war ein Meister der Kunst, seltsames Taschengeld zu erschnüffeln, und wenn ich mich recht erinnere, hat sich herumgesprochen, dass er von Ihnen auf ein Geschäft gestoßen ist. Wäre das nicht der Grund?

„Du kannst denken, was du willst, denn ich bin fest entschlossen, nicht mehr darüber zu reden. Ich hatte Dutzende Zeugen, dass ich dich verletzt habe, als du den Revolver in der Hand hattest und du musstest zugeben, dass es sich um Notwehr gehandelt hat. Was hat er denn vor?

„Nichts wirklich, denn es wäre nutzlos. Ich kombiniere Aktionen, um sie in ihrem Tag präsent zu halten. San Antonio ist zu einer Kinderstube für Schurken geworden, von denen ein halbes Dutzend als die gefährlichsten hervorsticht und Sie die Nummer eins sind. Ich weiß, dass ich Sie lobe, indem ich es Ihnen sage, aber nutzen Sie diese Komplimente für den Fall, dass Sie eines Tages teuer bezahlen müssen.

„Ich bin kein Narr, obwohl mir Beweise fehlen, um Sie anzuklagen, aber ich habe ein gutes Gedächtnis und kann Sie an einige Fälle erinnern, in denen die Zufälle diesem sehr ähnlich waren.

„Erinnern Sie sich, wie das Geld von diesem Rancher von Corpus Christy gestohlen wurde, der Ihnen ein Wildvieh verkauft hatte, und als er „El Caballo Salvaje" verließ, mit dem Geld, das er gerade erhalten hatte, wurde er fast vor der Tür ausgeraubt gemeinschaftlich und des Verkaufserlöses beraubt? Glaubst du nicht, ich vermute, dass jedem, der mit dir Geschäfte macht und dir etwas verkauft, das Geld ausgeht, ohne Zeit, es zu genießen?

Gregor; der vor Wut rot war, stand er auf und sagte:

„Es ist bequem, in den Stern Zuflucht zu nehmen, um Menschen aufgrund von Verdächtigungen oder Zufällen zu verleumden, mehr nicht. Wenn Sie ein solides Motiv haben, was bringt mich dazu, aufzuhören und mich einzusperren? Und wenn Sie mich nicht mit Beweisen anklagen können, warum beißen Sie sich dann nicht auf die Zunge? Ich habe es satt, ihn dasselbe sagen zu hören, und meine Geduld geht zu Ende. Zwing mich nicht, dich wegen Verleumdung zu verklagen. Ein guter Anwalt würde Sie nicht mögen.

„Auch ein guter" Colt „würde es dir geben, Gregory und ich bin kein Mann, der vor irgendjemandem Angst hat. Überlege dir das gut, falls du mit mir versicherungspflichtig bist.

„Das gleiche sage ich dir, aber du trennst dich zu sehr von dem, was wichtig ist. Ich bin gekommen, um das Verschwinden der Rinder anzuprangern, die "rechtlich mein" sind, solange Sie nicht das Gegenteil beweisen, und ich fordere Sie auf, nach dem Haufen zu suchen und die Diebe aufzuhalten.

"Bedeutet das, dass Sie sie nicht finden konnten, um alleine fortzufahren, und deshalb verlassen Sie sich auf mich?

„Ich habe es nicht versucht, aber wenn du nicht willst, kümmere ich mich darum. Dann komm nicht und beschuldige mich, hinter deinem Rücken vorgegangen zu sein.

"Es ist in Ordnung. Es ist meine Pflicht und ich werde versuchen herauszufinden, was passiert ist und wo das Vieh ist, aber das bedeutet nicht, dass ich aufhören muss, andere Nachforschungen anzustellen ein Kampf" letzte Nacht, als der Rancher verletzt wurde?

„Ich weiß es nicht. Ich hatte viele Dinge zu tun und habe keine gesehen. Ich nehme an, sie sind irgendwo.

„Ich auch, aber die Frage ist, wo dieser Teil ist.

„Lassen Sie Ihre Kommissare es herausfinden. Für mich kann ich Ihnen versichern, dass ich mir keine Sorgen um sie gemacht habe, da ich nicht in das Set eingegriffen habe, auch wenn Sie anders glauben. Suchen Sie nach ihnen und stoppen Sie sie, wenn Sie keinen Finger für eine von ihnen rühren. Dies wird Ihnen zeigen, dass ich in dieser Angelegenheit frei von jeglicher Einmischung bin. Ich interessiere mich nur für meine Rinder, weil sie mich zehntausend Dollar kosten und wenn ich sie verliere, verliere ich dieses Geld.

Gregory hatte seinen Besuch beendet. Es war nicht sehr angenehm für ihn gewesen, aber er musste mit ihr kämpfen, wenn er das Vieh retten und das Geschäft erledigen wollte.

Als Gregory die Büros verließ, lächelte der "Sheriff" ausdrucksvoll. Die Klage der Unerwünschten bestätigte, dass Saúl zugeschlagen hatte und das Vieh wieder ergriffen hatte, aber die Frage war, was er mit dem Vieh hatte anstellen können, denn wenn er es in der Nähe hatte, egal wie schlimm es war , seine Pflicht war zu intervenieren. das Bündel, zumindest bis alles geklärt passiert.

Die Zweifel des „Sheriffs" ließen nicht lange auf sich warten, denn eine Stunde später erschien Saúl in den Büros.

Der "Sheriff" verstand an dem zufriedenen Gesicht des Vorarbeiters, dass sein Plan ausgereift war und sagte nach der Begrüßung:

„Ich freue mich, dass du kommst, denn sonst hätte ich dich suchen müssen.

„Du weil?

„Weil ich eine Anzeige gegen Sie habe, weil Sie Gregorys Pferche ausgeraubt und sein Bündel gestohlen haben. Er hat es mir vor einer Stunde vorgestellt.

„Sind Sie sicher, dass die Beschwerde mich betrifft? Hat dieser Geier mit dem Beweis auf mich gezeigt, dass er derjenige war, der die Hörner genommen hat?

„Nun, Sie haben mir Ihren Namen nicht ausdrücklich genannt, aber Sie beschuldigen logischerweise den Raub der Bauern von Mr. McClellan.

„Das wird sein Verdacht sein, denn ich vermute, dass er es war, der den Trick organisiert hat, um meinem Chef sein Vieh zu entziehen.

„Ja, da haben Sie recht, aber ... die Sache ist zu kompliziert, denn ich muss Schritte unternehmen, um das Bündel zu entdecken, und wenn ich es entdecke, muss ich zumindest eingreifen.

„Niemand hält ihn auf. Ich für meinen Teil werde Ihre Mission nicht behindern.

„Heißt das, dass die Rinder an einem sicheren Ort sind?

„Das bedeutet, dass sie sehr weit von hier entfernt sind. Da das Geld meines Arbeitgebers gestohlen wurde, werde ich nicht derjenige sein, der zustimmt, dass ihm sein Vieh gestohlen wird und sie ihn am Ende in den Ruin stürzen. Es ist nicht anständig, einem ehrlichen Mann zu helfen, der mit Widrigkeiten zu kämpfen hat, von Schurken getötet und auch elend geplündert zu werden.

"Nun, was ist passiert? Ich nehme an, etwas Ernstes ist nicht passiert, dass ...

„Keine Sorge. Es gab keinen bösen Schlag, nicht einmal Drohungen. Sie haben es mir leichter gemacht, als ich es am wenigsten erwartet hatte.

„Willst du mir erzählen, wie es war?

Saul berichtete ihm in der Nacht zuvor ausführlich von seiner Odyssee und der "Sheriff" lachte herzlich.

„Sie sind ein genialer und glücklicher Mann. Das ist Gregory, der vor Wut schnaubt. Inzwischen müssen seine Schergen das Gras mit ihren Schnauzen aufnehmen, um herauszufinden, wo das Bündel ist.

„Nun, sie werden sich dabei die Nase abnutzen, weil sie mehr Gras aufsammeln müssen, als sie können.

„Nun, ich frage Sie nicht, wo Sie sie haben, denn ich wäre gezwungen, sie zu holen.

„Ich würde es ihm nicht einmal sagen. Wenn sie mich nicht mit Beweisen beschuldigen und sie nicht haben, kannst du nichts gegen mich tun, wie du gegen Gregor nichts tun kannst, obwohl du viele Dinge über ihn vermutest. Worüber Sie und ich hier sprechen, ist vertraulich, von Mann zu Mann.

„Okay, aber pass auf. Gregory ist ein böser Feind, wie er herausfindet, er wird nicht um den heißen Brei herumreden, auch wenn er vieles spielt.

„Ich bin vorbereitet und werde nicht überrascht sein. Welche Neuigkeiten haben Sie im Austausch für mich?

„Keine. Meine Kommissare haben den Befehl, die Verursacher des Kampfes ausfindig zu machen, aber ich fürchte, sie sind gut versteckt, auf Anweisung von Gregory. Sie sind daran interessiert, die Zeit verstreichen zu lassen und die Gemüter sich zu beruhigen.

„Nun, sie liegen falsch, wenn sie denken, dass ich ein Mann bin, der mich entmutigen lässt oder solche Schläge einstecken muss. Das Leben meines Chefs war in Gefahr und vielleicht ist es das und jemand muss dafür bezahlen.

„Während mein Arbeitgeber im Krankenhaus ist, werde ich San Antonio nicht verlassen und in dieser Zeit können viele Dinge passieren.

„Stellen Sie sicher, dass es Ihnen nicht unangenehm ist. Gregory mag nicht mit der Hand gegen ihn winken, weil er befürchtet, dass das Glas meiner Geduld überläuft, aber er hat unkontrollierte Leute, die ihn umdrehen und in die Hölle schicken können.

„Mir ist alles klar und ich werde versuchen, besonnen zu sein. Jetzt gehe ich ins Krankenhaus, um meinen Arbeitgeber zu sehen. Ich nehme an, sie werden mir erlauben, ihn zu sehen.

„Zu diesem Zeitpunkt ja, aber pass auf, dass keine Leute in der Nähe stationiert sind, wenn sie gedacht haben, dass du gehen und ihnen Raum geben kannst, dich zu jagen. Die Arbeit, die Sie diesem Geier geleistet haben, ist kein Wunder. Wenn Sie in diesem Moment sehr daran interessiert sind, nach dem Viehpfad zu suchen, haben Sie vielleicht noch nicht daran gedacht, ihn zu binden, umso mehr, wenn Sie denken, dass Sie sich mit dem Rudel verstecken. Nutzen Sie jetzt den Vorteil, dass Sie eine bessere Chance haben, nicht gestalkt zu werden.

„Nun, jetzt gehe ich ins Krankenhaus.

„Wann werde ich ihn sehen?

„Ich weiß es nicht, und da ich noch kein Gasthaus gesucht habe, kann ich dir auch nicht sagen, wo ich übernachten werde. Wenn Sie diese Angelegenheit gelöst haben, gebe ich Ihnen die Adresse, falls Sie mich brauchen.

Sie gaben sich die Hand und verabschiedeten sich. Saúl ging direkt zum Krankenhaus, dessen Adresse er zuvor den „Sheriff" und diesen fragte, um seine Handlung zu rechtfertigen, falls Gregory am Rande der Stadt herumlief, bestieg sein Pferd und folgte dem Flusslauf.

Als Saúl im Krankenhaus ankam und ihn bat, seinen Arbeitgeber zu sehen, sagte eine Krankenschwester, die ihn behandelte:

„Er hat seit einer Stunde begonnen, das Bewusstsein wiederzuerlangen, aber ich weiß nicht, ob er sprechen kann.

„Ich werde mein Glück versuchen. Ich bin der Vorarbeiter seines Teams, und wenn er sich allein sieht, ohne Nachrichten von irgendjemandem, führt das vielleicht zu einer Krise, die seinen Zustand verschlechtert.

„Nun, komm mit mir.

Er führte ihn auf die Station, in der McClellan ins Krankenhaus eingeliefert worden war. Es gab sechs Betten, aber nur ein weiteres wurde von einem Reiter belegt, der vom Pferd gefallen war und einen schrecklichen Schlag auf den Kopf erlitt.

Der Rancher, sein Kopf komplett verbunden, war blass und zusammengezogen. Die Stelle, an der er getroffen wurde, war sehr schmerzhaft, und seine Augen leuchteten und fieberten.

Saúl kam nervös auf ihn zu und sagte:

„Wie geht das, Chef?

McClellan bemühte sich zu sprechen und starrte seinen Vorarbeiter an, bis er ihn endlich erkannte.

„Ach, Saulus! ... Du hier?

Wo soll ich sonst sein? Ich konnte gestern Abend nicht kommen und musste auf heute Morgen warten. Wie geht es Ihnen?

Wie ein Fisch in einem kochenden Kessel. Mein Kopf tut furchtbar weh und mir ist schwindelig...

„Dann sprich nicht. Sie ruhen sich besser aus und später ...

"Nein. Ich muss es wissen. Ich kann mich an nichts erinnern. Ich erinnere mich nur, dass ich beim Verlassen von "The Silver Dollar" einen Schlag auf den Kopf bekommen habe und mehr weiß ich nicht. Mir wurde gesagt, dass jemand einen Streit angefangen hat und ich wurde zu Unrecht verletzt.

Saul, der verstand, dass er den Verwundeten nicht aufregen sollte, antwortete:

"Es ist so passiert. Es war ein Unfall, aber zum Glück wird die Wunde bald heilen. In zwei oder drei Tagen wird die Wirkung des Schocks abgeklungen sein und er wird sich viel besser fühlen ...

„Es war eine Schande, dass du... dort geblieben bist und... Saúl, was ist mit dem Geld passiert?

„Mach dir keine Sorgen um ihn. Der „Sheriff" hat es aufgegriffen und nichts ist passiert.

„Meine Güte. Ich hatte befürchtet, es wäre verschwunden.

„Nun, beruhige dich, wenn das deine Sorge war.

„Und das Vieh? Bist du es abholen gegangen?

"Ja. Alles war geregelt, Boss.

„Und wo sind die Bauern?

„Hier. Ich wollte nichts arrangieren, ohne vorher zu wissen, wie es dir geht.

„Du musst sie auf die Ranch schicken, da sie hier nichts mehr zu tun haben. Dort werden sie gebraucht und hier verbringen sie nur.

„Aber wenn ich sie alleine schicke, was werden sie dann deiner Tochter sagen? Sie werden alarmiert sein, wenn Sie uns nicht zu uns kommen sehen ...

„Oh klar, du hast recht! Wenn Barbara wüsste, was mit mir passiert ist ...

„Deshalb denke ich, dass die Kosten, selbst wenn sie ein paar Tage oder drei da sind, nicht viel ausmachen werden. Später, wenn Sie sich bald erholen, können wir sie vorausschicken, um zu sagen, dass uns hier ein Geschäft unterhalten hat und dass wir auch bald ankommen werden.

„Was immer du denkst, sollte getan werden, Saul. Ich habe volles Vertrauen in Sie, aber ich kann es kaum erwarten, dorthin zu gelangen. Es sind dringend Schulden zu begleichen und ... Ich nehme an, Sie werden Ihr Geld gut behalten.

"Ich habe es in den Händen des "Sheriffs" hinterlegt, um die Sicherheit zu erhöhen. Wenn wir es brauchen, wird er es uns zurückgeben.

„Das hast du gut gemacht, denn hier gibt es viele Schurken. Wie leid mir dieser blöde Vorfall tut!

„Du musst es schon vergessen und nur daran denken, dich zu erholen. Beruhige deine Nerven, rede wenig, schlafe, was du kannst und in ein paar Tagen wirst du hier rauskommen, auch wenn deine Wunde noch nicht ganz verheilt ist. Die Hauptsache ist, dass Sie stark und ohne Schwindel abreisen, um den Rückreisetag zu überstehen.

„Ja, natürlich hast du Recht und ich werde versuchen, dem Rat zu folgen.

„In diesem Fall werde ich ihn verlassen. Morgen sehe ich Sie wieder und hoffe, dass Sie Ihr Bestes tun, um Ihre Abreise nicht zu verzögern. Dass es dir besser geht.

Danke, Saul. Bis morgen.

Der Vorarbeiter verließ das Krankenhaus. Niemand verfolgte ihn und nach ernsthafter Meditation wurde ein Verhaltensplan erstellt.

Er stattete dem "Sheriff" einen Besuch ab, um bekannt zu geben, dass er für ein paar Tage abwesend sein würde. Dort tat er im Moment nichts und es war besser, seine Feinde in die Irre zu führen, als dem Wolf ins Maul zu geraten.

Sein Arbeitgeber konnte, obwohl er das Bewusstsein wiedererlangt hatte, das Krankenhaus nicht so schnell verlassen, wie er wollte, und es war besser, sich nicht nutzlos zu entblößen.

Der "Sheriff" stimmte der Idee zu, obwohl er nicht fragte, wohin er gehen wollte.

Und mit dem Versprechen, zwei Tage später zurück zu sein, bestieg er sein Pferd und verließ das Dorf.

An exotischen Orten achtete er darauf, nicht auf Gregors Schergen zu stoßen, die die Prärie nach dem Viehpfad durchkämmten, und erst als er einige Meilen vom Dorf entfernt war, betrat er den Pfad.

Seine Idee war, sich mit seinen Bauern und Rindern zu treffen und ihn zu verteidigen, wenn sie es zufällig schaffen, das Versteck zu entdecken.

Bauern könnten sich unwohl fühlen, wenn er zu lange brauchte, um zurückzukehren, und wollte nicht, dass sie leichtsinnig waren.

Glücklicherweise herrschte an dem Ort, wo sie das Bündel zusammengestellt hatten, absolute Ruhe, und als er sich mit dem kleinen Team traf, berichtete er von seinen Bemühungen in der Stadt und von der von Gregor begonnenen Kampagne, um das Vieh zu finden.

KAPITEL VIII

EINE VORLÄUFIGE HILFE

Zwei volle Tage blieb Saul im Schutz des Bündels, ohne dass irgendetwas die dort herrschende Ruhe störte.

Sie hatten alle Wache gehalten und die Prärie abgesucht, aber nichts Verdächtiges entdeckt. Sie sahen in der Ferne Herden, die von Süden her kamen, und entdeckten am ersten Tag ein paar Reiter, die in diesem Gelände nach etwas zu suchen schienen; aber wenn es Gregors Raufbolde waren, näherte sich keiner von ihnen den Ufern.

Am dritten Tag morgens beschloss Saúl, nach San Antonio zurückzukehren. Sein Arbeitgeber wäre wegen seiner Abwesenheit nervös und sollte ihm einen Besuch abstatten.

Der Rancher hatte sich von seinem Schock gebessert, aber die Wunde, die groß war, erforderte mehr Pflege und völlige Ruhe, und er sollte nicht damit rechnen, dass er so schnell wieder rauskommt, wenn er sich sehnte.

Saul achtete darauf, den Rancher nicht über die Wahrheit zu informieren. Wenn er nichts lösen würde, wenn man ihm nichts sagte, sollte er sich nicht mit Problemen beschäftigen, die er nicht lösen konnte.

Nach dem Besuch besuchte er, immer mit allen Sinnen wach, den "Sheriff". Er tat dies, als er bemerkte, dass niemand in der Nähe des Büros war.

Der "Sheriff" befragte ihn;

„Wo warst du, seit wir uns das letzte Mal begegnet sind?

„Er hat auf dem Berg Buße getan. Gebete erfordern Isolation und Gelassenheit.

„Es würde mich nicht retten, wenn ich deinen Gebeten vertraue. Sind Sie Gregory und seinen kleinen Engeln nicht begegnet?

„Ich bin erst vor einer Stunde angekommen und so früh glaube ich nicht, dass sie auf der Straße sind. Was weißt du über sie?

„Einige Dinge. Die Jungs, die den Kampf begonnen haben, sind wie ein Zauber verschwunden. Gregory möchte nicht riskieren, dass jemand lauter singt, als er sollte das Bündel, ohne es zu entdecken.Sie sind in dieser Hinsicht sehr geschickt.

„Glaub es nicht. Es war genug für mich, es auf den gleichen Weg zu werfen wie diejenigen, die kommen und … wie sollten sie erkennen, welche Fußspuren meine und die der anderen waren?

„Es war rücksichtslos, weil er eine andere Herde angreifen konnte, die hierher kam, und dann wäre es schlimm gewesen.

„Mitten in der Nacht war es nicht einfach. Niemand fährt Hunderte von Hörnern und weniger im Licht des Mondes.

"Das ist wahr. Die Sache ist die, sie haben die Spur nicht gefunden und Gregory ist wütend. Er hat mich zweimal besucht, um zu sehen, was ich entdeckt habe, und er beißt, weil das Vieh verdunstet ist. Ich vermute, er hat sich davon überzeugt, dass er hat damit nichts zu tun und wird die Suche aufgegeben haben.

„Besser für alle.

Was wirst du jetzt machen?

„Warten Sie, bis mein Arbeitgeber das Krankenhaus verlässt. Ich habe ihn gerade gesehen, er hat sich verbessert, aber er wird nicht so schnell aussteigen können, wie er und ich wollen.

„Und bleibst du bis dahin hier?

"Nein. Ich werde zum Berg gehen, um meine Gebete zu sprechen, und ich werde von Zeit zu Zeit kommen. Wenn mein Arbeitgeber geheilt ist und die Wahrheit kennt, dann wird es etwas anderes sein. Wenn er mich autorisiert, bleibe ich hier, aber Hände frei, und dann werden wir sehen, was passiert.Ich werde dich besuchen, wenn du kommst, um etwas zu erfahren, das du mir sagen kannst.

Er verabschiedete sich vom "Sheriff". Tatsächlich wusste er nicht, ob er wieder zu dem Bündel zurückkehren oder zumindest an diesem Tag in San Antonio bleiben sollte.

Eine zufällige und unerwartete Begegnung bestimmte sein sofortiges Vorgehen.

Er ging gerade die Hauptstraße hinunter, als in entgegengesetzter Richtung eine Gruppe von fünf Männern vorrückte. Sie wirkten fröhlich und wollten Witze machen, denn sie lachten lauthals.

Er wollte sich gerade von dem falschen Bürgersteig lösen, um ihnen den Weg zu weisen, als er mit einem neuen Blick auf sie erstarrte. Derjenige, der die Gruppe anführte, war jemand, den er in ziemlich gefährlichen Situationen kennengelernt hatte und ein freudiges Lächeln erhellte sein Gesicht, als er ihn erkannte. Ungestüm voranschreitend, rief er aus:

"Robert! … Sohn des Teufels! Was machst du in San Antonio?

Der Vorgenannte, ein junger Mann von ungefähr dreißig Jahren, groß, stark, dunkel, mit einem energischen Gesicht, sah ihn an und ging mit weit aufgerissenem Mund auf ihn zu und öffnete seine Arme.

"Saul! ... Giftkröte! ... Komm, lass mich deine Rippen zusammendrücken, bis ich überzeugt bin, dass sie nicht aus Stahl sind!

Die beiden umarmten sich, während der Rest der Gruppe bei der Szene aufgehört hatte zu lächeln.

Nachdem er die Umarmung gebrochen hatte, schlug Robert vor:

"Was wäre, wenn wir das Treffen mit einem "Whisky" feiern würden?

„Für meinen Teil ist es kein Problem, wenn ich bezahle.

„Nein. Das letzte Mal, als ich am Tag unserer Entlassung auf deine Gesundheit getrunken habe, erinnerst du dich nicht? Jetzt bin ich an der Reihe.

„Nun, streiten Sie nicht mehr, oder wir schießen am Ende.

„Wie während der Kampagne. Die, die wir erschossen haben!

„Und diejenigen, die uns erschossen haben!

„Aber für Teufel war es nicht leicht, Blei in ihren Körper zu bekommen. Wir hatten es gepanzert.

„Es wird dir gehören, weil meins einmal gebohrt wurde.

„Sie haben dich betrunken gemacht und deshalb könnten sie dich erschießen.

Sie betraten eine Taverne und informierten sich auf gegenseitiges Verlangen über sein Leben seit Kriegsende.

Robert war Korporal im gleichen Regiment wie Saul gewesen und zusammen hatten sie an vielen Aktionen teilgenommen.

Cowboy wie Saúl wurde mobilisiert und am Ende der Kampagne machte sich jeder auf den Weg zu seiner jeweiligen Ranch.

Aber Roberts Muster war verschwunden. Die eindringende Lawine verwüstete seine Ranch und er fand nichts als Asche.

Dies zwang ihn zu vielen Strapazen, bis er Arbeit auf einer Farm fand, aber es satt hatte und als er erfuhr, dass Abilenes Weg eröffnet wurde, war er in Begleitung von vier anderen befreundeten Peons nach San Antonio gefahren, um eine Unterkunft in einem Team zu suchen von denen, die in den Norden gegangen sind.

Und sie hatten Glück gehabt. Ein Rancher, der an diesem Morgen eingetroffen war und Arbeiter brauchte, hatte alle fünf angeheuert. Sie würden jedoch noch drei Tage in San Antonio bleiben, während der Rancher auf einen weiteren Begleiter wartete, der ihm ein ähnliches Bündel folgen würde. Sie hatten vereinbart, alle Rinder und Arbeiter zu vereinen, um ein stärkeres Team zu bilden, das die Ankunft der Rinder besser garantieren würde.

Und da sie drei Tage Urlaub und einen Vorschuss von zwanzig Dollar bekommen hatten, waren sie entschlossen, die bestmögliche Zeit bis zur Abreise zu haben.

Saúl seinerseits berichtete über seine gesamte Odyssee, ohne Details auszulassen.

Robert, nachdem er ihm zugehört hatte, rief aus:

„Und hast du nicht fünf Unzen Blei in den Körper dieses Geiers getan? Ich hätte.

„Es ist nicht einfach, denn er umgibt sich mit Menschen, die ihm den Rücken hüten und während mein Arbeitgeber im Krankenhaus ist, habe ich keine Bewegungsfreiheit. Mir könnte etwas passieren, und was würde mit dem Bündel passieren?

„Du hast recht, aber es ist eine Schande. Sie wissen jedoch bereits, dass Freunde für Gelegenheiten da sind und wenn Sie Hilfe brauchen, zählen Sie auf meine und ihre. Wir sind alle für einen und einer für alle.

Saúl war einen Moment nachdenklich. Er kannte Robert gut, wusste um seinen Mut und seine Loyalität und war sich sicher, dass er das Angebot von Herzen tat.

Und eine teuflische Idee kam ihm in den Sinn. Mit Hilfe dieser fünf Teufel glaubte er, dass es machbar sei.

„Du sagst, du hast drei Tage Zeit?

„Ganz unser.

„Nun ... mir ist gerade eingefallen, dass ich lachen muss, wenn es gut läuft, aber ich kann es nicht, weil dieser Schurke mich und meine Bauern auch kennt. Aber Sie und Ihre Teamkollegen könnten es schaffen. Am Ende wird es entlarvt, aber ... wenn es gerinnt, wie ich denke, wäre es so viel, als würde man diese Kröte zwingen, zehntausend Dollar als Entschädigung für die Arbeit zu zahlen, die sie uns geleistet hat. Zehntausend Dollar, die verteilt würden, die Hälfte für Sie und die andere für meinen Arbeitgeber.

„Hell's Bells! Für weniger als das habe ich Pedro Botero bei den Hörnern gepackt und sie abgerissen. Worum geht es?

„Ich erkläre es Ihnen, wir skizzieren den Plan und wenn es Ihnen gefällt, setzen wir ihn in die Tat um. Es gibt keine Verpflichtung und wenn man es schwierig oder sehr engagiert sieht, als hätten wir gar nicht gesprochen.

„Das Schwierige ist das, was wir mögen. Spricht.

Saúl verbrachte fast eine halbe Stunde damit, das Projekt zu erklären und die Vor- und Nachteile aufzuzeigen. Alle hörten ihm mit großer Aufmerksamkeit zu, und als er zu Ende sprach, leuchtete ein teuflisches Licht der Freude in den Augen der fünf.

„Großartig, Saul!" rief Robert aus." Und wenn es gut läuft, was ich denke, werden wir lachen, bis wir Abilene erreichen.Wann immer du willst, stehen wir dir zur Verfügung.

„Nun, bis dahin ist es schon spät, Robert.

Sie machten sich alle auf die Suche nach ihren Pferden und verließen kurz darauf San Antonio und verirrten sich in der Prärie.

* * *

An diesem Abend galoppierte eine Herde von tausend Rindern unter dem Kommando von Robert Yhon auf das Ufer des Flusses zu, auf der Suche nach einem freien Platz, um in einiger Entfernung vom Dorf anzuhalten.

Die Rinder waren dieselben, die Saúl drei Tage lang, zwanzig Meilen von dort entfernt, versteckt hatte, aber weder wer vor ihnen war noch die Peons, die sie bewachten, waren dieselben.

Sauls Plan war kühn und offengelegt, aber er wollte es auf die Probe stellen. Wenn der Plan gut lief und sich das, was mit seinem Arbeitgeber passierte, mehr oder weniger wiederholte, würde Gregory vielleicht zum ersten Mal in seinem Leben über einen Stein stolpern, der so hart war, dass er sich durch den Schlag selbst viel Schaden zufügen würde.

Saul wollte Ereignisse erzwingen. Da dieses Manöver, die kleinen Viehzüchter zu plündern, die mit dem einzigen Wunsch kamen, ihr Vieh zu verkaufen, anscheinend ein gut geübter Trick war, bei dem sie nacheinander beißen, wenn sich die Ereignisse diesmal ähnlich entwickelten, Gregory he würde in seine eigene Falle tappen und es bereuen.

Denn Saúls Idee, die von seinen Kollegen gebilligt wurde, bestand darin, Gregory den Trick zurückzugeben und ihn teuer dafür bezahlen zu lassen.

Wenn mal wieder jemand aus dem Rudel trat und sich als Vermittler für den Verkauf anbot, dann hatten sie alles parat, um die große Überraschung zu produzieren. Robert erschien als Sohn einer Ranch im Landesinneren, die von seinem Vater geschickt wurde, um dieses Vieh zu verkaufen.

Seine vier Gefährten würden Landarbeiter sein, und da sie alle Fremde waren, konnte niemand vermuten, dass es sich um dasselbe Vieh handelte, das Saúl aus

Gregors Pferch genommen hatte. Für ihn und seine Handlanger müssen die Rinder inzwischen viele Meilen entfernt gewesen sein.

Saul hatte seine Bauern vorausgeschickt mit dem Befehl, sich an einem bestimmten Ort in der Nähe des Dorfes aufzustellen. Wenn die Dinge wie geplant liefen, mussten sie vielleicht heute Nacht die Herde wieder übernehmen, diesmal aber, um mit ihm zurück zur Ranch zu galoppieren.

Saúl hatte sich dem Rudel als Bauer angeschlossen, aber letztendlich und versuchte, sich inkognito zu halten, um nicht erkannt zu werden. Um dies zu vermeiden, hatte er sein Gesicht mit Schlamm verdunkelt und ein anderes Hemd getragen als das, das er in den letzten Tagen getragen hatte. Auch der Hut war anders, da er ihn mit dem eines der Peons getauscht hatte.

Exprofeso ging ein paar Mal umher, um eine geeignete Stelle zu finden, um die Hörner zu stoppen, aber Saul achtete darauf, dass sie nicht dieselbe wählten, die er später am Nachmittag benutzt hatte.

Schließlich fanden sie eine Lichtung, an der sie anhalten mussten, und Robert manövrierte und gab seinen Männern den Befehl, das Vieh optimal zu positionieren und zu überwachen.

Während dieses einstudierten Manövers entdeckte er ein Cowboy-ähnliches Subjekt, das sehr daran interessiert zu sein schien, was Robert tat. Schließlich, als alles in Ordnung schien, rief Robert einen der Peons an und sagte:

„Ich werde mich der Stadt nähern. Ich muss den Typen finden, mit dem mein Vater mir gesagt hat, dass ich reden soll, und mich mit dem Typen in Verbindung setzen, der ihm die andere Herde Vieh gekauft hat. Er sagte mir, sein Name sei Barry und er würde ihn im "The Golden Apple" treffen.

"Kümmere dich um das Vieh und mit dem, was ich bekomme, bin ich bald wieder da."

Als er die Gruppe verlassen wollte, traf ihn der Typ, der in der Nähe ging und sagte:

„Entschuldigen Sie, Freund, sind Sie der Besitzer dieses Viehs?

„Nein, aber so als ob es so wäre. Sie sind von meinem Vater, Mr. Wilson aus Victoria, und ich komme, um sie in seinem Namen zu verkaufen.

„Ich hatte gehört, dass Sie etwas dazu sagen, und ich dachte, Sie wären daran interessiert, dass ich Ihnen sage, dass Barry, der Viehhändler, den Sie suchen, nicht in San Antonio ist.

"Verdammt, das ist gut! ... Wo zum Teufel ist es dann?"

„Nur er kann es wissen. Offenbar hat er einen Viehkäufer um einen Betrag betrogen und ist von hier verschwunden. Es ist mehr als fünfzehn Tage her, dass man wieder von ihm gehört hat.

„Und was mache ich jetzt? Mein Vater war zuversichtlich, dass ich ihn finden würde und jetzt weiß ich nicht mehr den Namen des Händlers, der ihm die vorherigen Rinder abgekauft hat.

„Das ist kein Hindernis, wenn Sie entschlossen sind, sie zu verkaufen.

„Warum bringe ich sie mit, wenn nicht? Glaubst du, ich würde mit diesem Haufen Hörner auf die Straße gehen? Ich muss sie verkaufen oder nach Victoria zurückbringen, und das ist kein Plan verkaufe das Vieh, es genügt, es dem einen wie dem anderen zu verkaufen, ich suche einen Käufer.

„Wenn das der Grund ist, beeilen Sie sich nicht, denn ich kann Ihnen eine anständige Person nennen, die sich dem Erwerb kleiner Herden verschrieben hat. Er ist ein ernster Mann und zahlt auf der Stelle, was er akzeptiert.

„Das gefällt mir, Freund. Können Sie mir sagen, wer Sie sind und wo ich Sie finden kann?

„Ich kann es Ihnen vorstellen, weil es mir bekannt ist. Sicherlich sind Sie bereits bei "El Caballo Salvaje", wo Sie normalerweise nach Einbruch der Dunkelheit anhalten.

„Du weißt nicht, was ich schätze. Barry nicht zu finden, würde mich sehr aufregen. Lass uns gehen?

Sie gingen beide auf das Dorf zu, dessen Lichter bereits zu flackern begannen, und als sie weit genug weg waren, verließ Saúl, der den Dialog aufmerksam verfolgt hatte, die Gruppe und folgte dem Paar hinaus.

Diesmal war es nicht der sogenannte Roger gewesen, der herausgekommen war, um das Vieh zu treffen. Gregory hatte ihn zweifellos aus dem Verkehr gezogen, aus Angst, der "Sheriff" würde ihn packen und zum Singen zwingen.

Auf Distanz folgte er dem Paar und so betraten sie San Antonio, wo es Saúl leichter fiel, die Distanz zu verkürzen, um seinen Partner nicht aus den Augen zu verlieren.

Und so sah er sie "The Wild Horse" betreten, wo sie beide Platz nahmen.

Es war heiß und die Tür der Bar stand offen, was es Saúl erlaubte, in einem Grenzbereich, in einem schattigen Bereich, aufzulauern und von dort aus das Innere der Bar zu überwachen.

So sah er, wie Robert an einem Tisch saß und ein Kellner ihm einen Drink servierte, während der unterwürfige Peon ihn, nachdem er ein paar Worte gewechselt hatte, ihn sitzen ließ und hinauseilte.

Saul folgte ihm. Er war sich sicher, dass er Gregory suchte, der ihm über das neue Geschäft berichtete.

Und er täuschte sich nicht, denn er betrat "The Silver Dollar", wo er sicher wusste, dass er das Unerwünschte finden konnte.

Zehn Minuten später kamen Gregory, der ihn gesucht hatte, und drei andere Männer, die ihnen in einiger Entfernung folgten, aus der Spielhölle.

Als sie wieder "The Wild Horse" erreichten, betraten Gregory und sein Hund die Bar, während die drei, die ihm folgten, auf der Straße blieben, aber um die Tür herum Stellung bezogen und versuchten, im Schatten unbemerkt zu bleiben.

Saul glaubte zu erraten, was passieren könnte. Diesmal würde es keinen Scheinkampf geben, um Robert zu jagen, denn es wäre gefährlich, den Trick zu wiederholen, wenn der "Sheriff" eine Aufzeichnung darüber hätte, was mit McClellan passiert ist, aber das vulgäre System würde benutzt werden, um ihn aus dem Joint zu lassen mit dem Geld und folgt ihm, um ihn im günstigsten Moment auszurauben.

Und da dort Raubüberfälle an der Tagesordnung waren, besonders nachts, konnte Gregory ebenso verdächtigt werden wie die vielen anderen Raufbolde, die San Antonio ausschwärmten.

Saul war angespannt und wusste nicht, welche Entscheidung er treffen sollte. Die Ankunft der Raufbolde und die Orte, die sie für einen Hinterhalt ausgesucht hatten, erlaubten ihm nicht, wieder vor der Tür zu stehen und Gregors Manöver von dort aus zu beobachten.

Aber aus Angst um das Leben seines Freundes, da er auf das vorbereitet war, was in den Räumlichkeiten passieren könnte, aber nicht außerhalb, fasste er einen drastischen Entschluss. Er musste den "Sheriff" benachrichtigen, Rechenschaft ablegen und um seine Hilfe bitten, um zu verhindern, dass Robert angegriffen wurde, als er es am wenigsten erwartete.

Da die Büros nicht weit entfernt waren, rannte er zu ihnen und stürmte in das Büro des Sheriffs.

Er war in diesem Moment in der Vereinigung eines seiner Kommissare und als er sah, wie Saul so einbrach, ahnte er, dass etwas Ernstes passierte und stand auf.

„Was passiert mit ihm? Wurden Sie angegriffen?

„Nein, aber wenn wir uns nicht beeilen einzugreifen, ist das Leben eines Freundes von mir ernsthaft in Gefahr.

Wer bedroht dich?

„Gregory. Oder besser gesagt drei seiner Geier, die derzeit vor „El Caballo Salvaje"
im Hinterhalt darauf warten, dass mein Freund herauskommt, um ihm zu folgen und ihn
auszurauben.

„Warum können Sie das so versichern?

„Weil mein Freund ein kleines Bündel Hörner hinterlassen hat und wie ich ein Typ,
der diesmal nicht Roger war, sondern ein anderer, auf ihn gestoßen ist und angeboten
hat, ihn mit einem Käufer in Kontakt zu bringen. Er hat es zu "The Wild Horse"
mitgenommen, um ihn dem Käufer vorzustellen, und dann ist er zu "The Silver Dollar"
gegangen, um Gregory zu suchen.

„Dieses hier ist jetzt bei meinem Freund, der versucht, das Vieh zu verkaufen, aber
draußen liegen Hinterhalte, die auf einen Befehl oder ein Signal warten, das ihnen sagt,
dass sie handeln können, um das Geld zurückzubekommen.

Der "Sheriff" starrte Saul an und fragte:

Woher weißt du so viele Details darüber?

„Habe ich dir nicht gesagt, dass es ein Freund von mir ist, der ...?

„Hören Sie einen Moment zu. Sie wissen, dass ich kein Narr bin und dass, wenn ich
jemals so aussehen sollte, es daran liegt, dass die Unwägbarkeiten stärker sind, als ich es
kann.

„Ich bin begierig darauf, Gregory zu jagen und habe deshalb kein Problem damit, bei
manchen Ereignissen, die ich unter normalen Umständen nicht toleriert hätte, die
Augen zu verschließen. Ich gebe jedoch nicht zu, dass es mich täuschen soll, in dieser
Angelegenheit weiterhin auf mich zu zählen. Deshalb sagst du mir entweder die
Wahrheit, damit ich weiß, ob ich handeln soll und wie, oder ich werde mich nicht von
hier bewegen, bis sie mich rufen, um die Leiche deines Freundes zu heben.

„Wenn du mich ein bisschen beeilst, kann ich dir natürlich vorher sagen, was du mir
bisher nicht sagen wolltest. Zum Beispiel, dass dieses Bündel, das Ihr Freund Gregory
verkaufen will, dasselbe ist, das Sie aus seinem Gehege genommen haben, und dass Sie
jetzt versuchen, ihn in eine Falle zu locken und auf frischer Tat zu treffen.

Saúl lächelte amüsiert und antwortete:

„Sie sind klug, Sheriff. Die Wahrheit ist, dass ich diesen Freund getroffen habe, der
ein Korporal in meinem Regiment war Wir erhielten die Lizenz." Als ich ihn über meinen
Aufenthalt hier und alles, was passiert war, informierte, fragte er mich, warum ich dem
Schurken Gregory keine gute Lektion erteilt hätte.

„Ich sagte ihm, dass ich es aus vielen Gründen noch nicht ausprobieren konnte, aber
auf meine Chance wartete, nachdem mein Arbeitgeber das Krankenhaus verlassen
hatte. Also boten die fünf an, mir zu helfen, die Veranstaltung voranzutreiben, und wir

haben uns den Trick ausgedacht, ihn als Sohn des Besitzers unseres Bündels durchgehen zu lassen. Da seine Freunde nicht bekannt waren, gingen sie als Schachfiguren des Teams durch und Robert bot an, sein Glück zu versuchen, um zu sehen, ob sie den Versuch mit ihm wiederholen würden, wie sie es bei meinem Arbeitgeber getan hatten.

"Und so war es auch, nur diesmal hat Roger nicht eingegriffen und es wird, wie ich vermute, in der Bar keine Schlägerei geben, aber im richtigen Moment wird mein Freund an einer geeigneten Stelle ausgeraubt." sein Geld stehlen.

„Es ist möglich, aber was schlagen Sie nach Ihrem Plan vor? Gregory zwingen, dasselbe Bundle noch einmal zu kaufen?

„Warum nicht, wenn du es vorher nicht gekauft hast, weil du das Geld behalten hast?

„Nun, da bist du mit diesem Spiel. Meine Mission in diesem Fall ist es, das Leben Ihres Freundes zu schützen und nicht angegriffen und ernsthaft verärgert zu werden.

„Und da er vermutlich daran interessiert ist, dass Gregory das Rindfleisch kauft und bezahlt, müssen wir warten, bis der Deal abgeschlossen ist. In jedem Fall werden wir Vorkehrungen treffen, damit die Ereignisse nicht voranschreiten. "

Er wandte sich an den Kommissar und befahl:

„Such schnell deinen Partner und geh mit ihm zu Carls Taverne, wo sie auf mich warten. Da es in der Nähe von „El Caballo Salvaje" liegt, können Sie mich sofort treffen und wenn Sie zufällig einen Schuss hören, warten Sie nicht, bis ich nach Ihnen suche. Laufen Sie sofort zum Gelenk.

Der Kommissar verließ das Büro und der "Sheriff" sagte:

„Lass uns gehen. Du wirst mir sagen, wo diese Geier sind.

Sie steuerten auf "The Wild Horse" zu, aber lange bevor er ihn erreichte, deutete Saúl an:

„Wenn wir weitergehen, werden sie dich entdecken. Die drei befinden sich, zwei an den Seiten der Tür, wenn auch etwas weit entfernt, und eine andere gegenüber.

Sie waren an einer Straßenecke stehen geblieben und der "Sheriff" blickte angespannt auf den Laden.

Durch das breite Vierkant der Tür wurde das Innenlicht des Gebäudes auf den Staub der Straße projiziert, der intensiv war. Manchmal, wenn sich ein Kunde in die Nähe der Tür bewegte, hob das Licht seine langgestreckte Gestalt in Richtung Straße schwarz hervor.

In diesem Moment wurden zwei Silhouetten in den Raum projiziert. Im Schein der Lampen erkannte Saul seinen Gefährten.

„Es ist mein Freund Robert. Begleitet geht er hinaus.

"Aber nicht für Gregory", sagte der "Sheriff". "Wer ihn begleitet, ist sein vertrauenswürdigster Mann; Briand "El Pecas".

Er zog seinen Revolver und Saul folgte ihm.

„Glaubst du, sie werden dich hier angreifen?

„Ich vermute nicht. Es ist ein schlechter Ort, um es zu tun. Sie werden warten, bis er sich von Briand trennt und …

Niemand hatte sich mit der Absicht bewegt, dem Paar zu folgen, und das Paar ging sehr vereint die Straße entlang der Grenze hinauf bis zu der Ecke, an der der "Sheriff" und Saúl in einen Hinterhalt geraten waren.

Er ahnte, wohin sie gingen.

„Ich vermute, sie werden das Vieh sehen. Die Adresse ist das.

„Es ist möglich. Gregory wird dieses Mal nicht so krass gesehen haben wollen und hat seinen zweiten delegiert.

Tatsächlich gingen beide die Straße entlang und suchten nach dem Ausgang der Stadt.

Der "Sheriff" brummte:

„Mir scheint, dass die Situation klar ist. "El Pecas" wird die Rinder sehen, Gregory sagen, dass sie in gutem Zustand sind und sofort wird der Vertrag unterzeichnet und das Geld geliefert. Dann lass deine Geier mit deinem Freund auskommen.

„Mir scheint, dass Sie klar gesehen haben. Was wirst du machen?

„Den Plan unseres Freundes zu verderben, wenn er es am wenigsten erwartet. Sobald sie zurückkommen, werde ich diese drei Vögel mit Hilfe meiner Kommissare überraschen und sie in meine Büros bringen. Dann gehe ich in die Bar und bleibe dort, bis sein Freund ihn verlassen hat. Du wirst hier draußen auf ihn warten und ihn an einen sicheren Ort bringen.

„Später werde ich weggehen, als ob ich nichts davon wüsste, und Gregory damit zufrieden geben, das Vieh legal zu kaufen. Am Ende des Tages wird er nichts verloren haben, da das Geld vom ersten Einkauf in seine Tasche zurückgekehrt ist. "

Saúl lächelte im Schatten. Das war die Überzeugung des "Sheriffs", aber die Wahrheit würde eine ganz andere sein. Er hatte nicht mit dem Mann mit dem Stern über dieses Ende sprechen wollen, weil er bezweifelte, dass er seinen Plan billigen würde, aber er verstand, dass ein Schurke von der Statur Gregors, der nicht zögerte, mit dem Leben ehrlicher Männer zu spielen, nur um ihn um ein paar tausend Dollar zu betrügen, musste er mit seinen eigenen Waffen bestraft werden.

Sie brauchten mehr als eine Stunde, um zurückzukommen, aber schließlich kamen sie vom Flussufer zurück und gingen zurück in die Spielhölle.

Kaum waren sie darin verschwunden, bemerkte der „Sheriff":

„Egal wie eilig sie sind, in weniger als einer Viertelstunde oder zwanzig Minuten wird alles bald fertig sein. Es ist die genaue Zeit, den ganzen Plan zu verderben.

Rasch ging er in die Taverne, wo seine Kommissare warteten, und ging mit ihnen auf die Straße, wo er ihnen sagte:

„Du drehst dich um und betrittst die Straße vom unteren Teil der Spielhölle und du von oben. Ich werde die Grenze überqueren und in nur zehn Minuten wird jeder von uns einem Raufbold in Gregors Diensten begegnen, der um "The Wild Horse" stationiert ist. Legen Sie den Revolver als ersten Gruß auf ihre Brust und wenn jemand versucht zu schreien, geben Sie ihm eine Ration des Revolverkolbens auf den Kopf, damit er sich auf die Zunge beißt. Bringen Sie sie dazu, die Straße zu überqueren und sich mit erhobenen Händen der Wand zu stellen, bis ich zu Ihnen komme. Lass uns gehen.

Sie trennten sich schweigend und Saúl schloss sich dem "Sheriff" an, der zur Grenze ging.

Als sie sich dem Hinterhalt näherten, versuchte er zu gehen, als hätte er kein Interesse daran, dort zu bleiben, aber die sanfte und drohende Stimme des "Sheriffs" stoppte ihn:

„Trotzdem. Hendrix, ich habe einen Revolver in der Hand, der abgefeuert werden kann, ohne es zu merken. Was hast du hier stehend gemacht?

„Nichts", Sheriff", sagte der Raufbold mit zusammengebissenen Zähnen, „ich habe mich in den Schlaf zurückgezogen, weil es mir nicht gut ging und ich nach einer Zigarette suchte. Ich muss Tabak verloren haben und ...

„Solange du nicht den Verstand verlierst, kannst du zufrieden sein. Möchten Sie Ihren Rücken mit den Händen so hoch wie möglich an der Wand ruhen?

"Hallo du...

„Willst du es tun oder soll ich dir zwei Unzen Blei in deine Nieren geben? Wählen Sie, ich habe es eilig. Der Raufbold vermutete, dass der "Sheriff" nicht umsonst drohte und gehorchte. Auf ein Signal des "Sheriffs" zog Saúl den Revolver aus.

„Nun, hier sind ein paar Griffe, zieh sie an und ich hoffe, du resignierst, wenn du es nicht schlechter haben willst. Den Unerwünschten mit Handschellen gefesselt, befahl der "Sheriff":

„Gehen Sie weiter nach unten. Ich denke, Sie werden sich gerne mit Ihren Kollegen treffen, die sich nicht legitimer fühlen sollten als Sie.

Als sie einen der Kommissare erreichten, hatte er einen anderen aus dem Hinterhalt vor der Mauer.

Die Operation, ihn zu entwaffnen und ihm Handschellen anzulegen, wurde wiederholt und kurz darauf mit dem anderen und in weniger als zehn Minuten waren alle drei abgebrochen worden.

»Bring sie ins Büro und schließe sie ein. Später wollte ich eine Tirade mit ihnen machen.

Und als seine Kommissare mit den drei Gefangenen gingen, sagte der "Sheriff" angespannt:

„Und jetzt werden wir das Gesicht des gefährlichen Raubvogels von San Antonio sehen. Ich befürchte, dass das Pulverfass diesmal so explodiert, dass es einige von ihnen voll trifft.

KAPITEL IX

GREGORY VERLIEREN DIE FUßSTÜTZE

Sauls Plan hatte sich entwickelt, als ob alles allein von ihm abhing. Gregory, der auf seinem Geldhorten beharrte, vielleicht weil er in San Antonio eine gefährliche Zukunft sah, hatte nicht gezögert, das bei McClellan verwendete System zu wiederholen, obwohl er diesmal, um den Verdacht zu verstärken, auf den Theaterapparat eines Reihe. im Gelenk. Robert würde dort unbehelligt herausgehen und dann, irgendwo weit weg von "The Wild Horse", würde ihn jemand angreifen, um sein Geld zu stehlen.

Diesmal war der Deal zu einem Preis von neun Dollar pro Kopf abgeschlossen worden. Gregor wollte nicht mehr geben und Robert nahm sie an, denn schließlich verloren weder er noch sein Freund mit der Annahme etwas Eigenes.

Aber da Robert nicht wusste, was für eine Falle ihm gestellt werden würde, musste Saúl, sobald er das Geld in der Tasche hatte, in der Spielhölle bleiben, bis er mit dem "Sheriff" sprach und er auftauchte an der Bar, um dein Leben zu garantieren. Es ging ihm nur darum, von dem Moment an, in dem er das Geld erhielt, sehr wachsam zu sein und darauf zu achten, in keiner Weise überrascht zu werden.

Die Operation hatte sich verzögert, weil Gregor nichts blindlings unterschreiben wollte, solange er nicht die Garantie hatte, dass das Vieh den Schätzpreis wert war und er deshalb „El Pecas" geschickt hatte, um das Vieh zu untersuchen. Der Raufbold verstand für viele Rinder, dass er lange Zeit als Cowboy gehandelt hatte.

Sein Bericht entschied über die Operation, und Gregory gab im Austausch für die entsprechende Quittung neuntausend Dollar.

Robert steckte mit allen Sinnen die Scheine ein und setzte sich an den Tisch. Er hatte sich einen aus der Ecke ausgesucht und achtete darauf, sich so zu positionieren, dass er den Kunden zugewandt war.

„Wann kümmerst du dich um das Vieh? Er fragte Gregor.

"Bei Sonnenaufgang. Nachts ist es ausgesetzt, Vieh zu bewegen, und ich möchte nicht, dass Vieh verloren geht. Gehst du zurück zum Haufen?

„Nein, da kann ich warten. Ich bin versucht, mein Glück beim Spiel zu versuchen. Mein Vater autorisierte mich, das Vieh für bis zu acht Dollar zu verkaufen. Ich habe sie für neun verkauft und über den zusätzlichen Dollar kann ich verfügen, ohne dass mich jemand nach einem Konto fragen muss.

„Nun, da ich bis zum Einsammeln des Viehs nicht viel zu tun habe, kann ich dich begleiten und so gehen wir zusammen, wenn die Sonne aufgeht. Es sieht gut aus?

„Meinerseits sehr erfreut.

„Dann warten Sie, bis ich Befehle erteile, damit im Morgengrauen die Männer bereit sind, die das Bündel übernehmen müssen.

Er rief "El Pecas" an und gab ihm Anweisungen. Für Gregory war es eine Garantie und eine Erholung, dass Robert dort bleiben würde, aber auf der anderen Seite vereitelte es seinen Plan, denn wenn der Verkäufer dort nicht vor Tagesanbruch ging, würden seine Männer ihre Zeit damit verschwenden, an der Tür zu warten des Gelenks.

Er näherte sich "El Pecas" und sagte mit leiser Stimme:

„Der Typ will nicht vor Sonnenaufgang hier weg und das durchkreuzt meine Pläne. Bring unsere Männer von der Straße und halte Ausschau, wenn die Sonne aufgeht. Wir müssen einen Weg finden, nachlässig zu handeln, wo keine Gefahr besteht, dass jemand eingreift.

„Ich denke, der beste Ort ist, wenn Sie sich um das Vieh kümmern. Da er dorthin gehen muss, wo der Haufen ist, ist das einsamer und ...

„Aber seine Bauern ...

„Nun, das werde ich studieren. Der Punkt ist, lauf nicht mit dem Geld weg.

Gregory kehrte zu Robert zurück, der abgelenkt wirkte, das Paar aber nicht aus den Augen verloren hatte. Er fragte sich, worüber sie reden würden, obwohl er es vermutete.

Aber gleichzeitig war ihm die Ruhe, die dort herrschte, unruhig. Es ist wahr, dass niemand den Frieden als Bedrohung für ihn gestört hatte, aber es wurde nicht erklärt, warum Saul so untätig blieb.

Gregor lud Robert ein:

„Möchtest du, dass wir ins Spielzimmer gehen?

"Für mich, mach weiter, aber zuerst ... Wo ist der Stift hier? Ich habe heute Nachmittag zu viel getrunken und ...

Gregory lächelte und deutete auf die Hintertür.

„Gehen Sie den Flur entlang und Sie werden sie am Ende finden. Ich warte auf dich.

Robert überquerte den Korridor, erreichte den Pferch, hob, ohne anzuhalten, den Riegel an der Tür an und trat auf freien Boden.

Veloz rannte um die Gebäude herum und auf die Main Street. Saul musste da sein und er musste ihn sehen und mit ihm reden. Wenn er dort war und ihm sagte, er solle zurück ins Lokal gehen, würde er das tun, ohne dass Gregory das Manöver bemerkt hätte.

* * *

Der „Sheriff" wollte gerade „El Caballo Salvaje" betreten, als „El Pecas", ungestüm, auf der Suche nach seinen Satelliten auf die Straße trat.

Dabei stieß er mit dem "Sheriff" zusammen, der ihn am Arm festhielt.

„Was ist los", Sommersprossen, „das geht so schnell? Magen tut weh?

Der Raufbold verzog das Gesicht und antwortete:

„Zum Glück tut mir nie etwas weh. Ich habe es eilig und ich glaube, ich muss es nicht erklären.

Wer weiß ... hast du zufällig deine drei Freunde gesucht?

„Welche Freunde? fragte der Raufbold und versteifte sich.

„Diese drei, die hier mehr als zwei Stunden vor der Tür rumgehangen haben.

„Ich weiß nicht, wen Sie meinen.

„Hast du sie nicht gesehen, als du vor anderthalb Stunden mit einem Rancher ausgegangen bist, in dessen Begleitung du zum Fluss gegangen bist?

"The Freckles" spannte seine Muskeln an. Der Instinkt sagte ihm, dass der "Sheriff" die Bewegungen seines Chefs zu sehr bewusst war und dass die Sache drohte, jemanden gefährlich einzubeziehen.

„Ich habe niemanden gesehen und musste ihn mir nicht ansehen.

„Vielleicht hast du damit recht. Nun, was ist mit dem Rancher passiert, den Sie bei diesem nächtlichen Besuch begleitet haben?

„Glaubst du, ich habe es gegessen? Es hat es drin.

„Ich feiere ihn sehr, weil er ein Mann ist, der mich enorm interessiert. Sie haben es mir von Victoria empfohlen und die Wahrheit ist, dass ich es nicht mag, dass es in Gesellschaft von Elementen wie Ihnen und Ihrem Chef ist.

„Und da ich vermute, dass dieser Kontakt keinen anderen Zweck hatte, als den Verkauf des Viehs zu besprechen, das Sie nach San Antonio gebracht haben, hoffe ich, dass Sie mich über den Verlauf der Verhandlungen informieren.

„Warum fragst du nicht den Rancher oder Gregory? Ich bin weder Käufer noch Verkäufer.

"Aber Sie sind ein Vermittler und ... sehr gefährlich", sagte Freckles. "So gefährlich wie die drei Typen, die Sie hier stationiert hatten und darauf warteten, dass dieser Mann mit dem Geld in der Tasche herauskam. Den Kampftrick zu wiederholen war sehr entlarvt, aber ihn im Schatten und auf Distanz zu verfolgen, nicht so sehr,

„Das Schlimme ist, dass ich mich diesmal nicht in Führung gehen lassen habe. Ihre Freunde ruhen in meinem Büro, wo ihre Aktivitäten weniger gefährlich sind, und da Sie daran interessiert sind, mit ihnen in Kontakt zu treten, ist es am besten, wenn Sie mir folgen und sie dort treffen.

„Wir müssen über vieles reden und nirgendwo besser als in meinen Büros. Willst du so nett sein, dass du mich aus freien Stücken begleitest? "

"El Freckles" war kein Mann, dessen Nabel bei Gefahr schrumpfte. Er vermutete, dass die Dinge einen Punkt erreicht hatten, an dem sich der "Sheriff" auf tragische Weise dem Ziel näherte, das er lange gesucht hatte, und verstand, dass er, wenn er nicht mehr verspottet werden konnte, alles riskieren musste, um ihn zu unterdrücken.

Und schnell brachte er seine Hand zur Seite, um den Revolver zu ziehen, aber als die Waffe aus dem Holster kam, tauchte in kurzer Entfernung eine andere Hand aus dem Schatten auf, die seine packte und die Aktion verhinderte, während etwas dünnes und rundes, das er brauchte nicht zu sehen, um zu erkennen, dass es der Lauf eines Revolvers war, es wurde ihm in die Nieren getrieben.

"Löse diese Hand und es wird dir besser gehen", sagte die Stimme von Saul leise, der dem "Sheriff" zu Hilfe gekommen war.

Der Raufbold knirschte vor Wut mit den Zähnen. Er war in eine Falle getappt, aus der er nicht mehr heraus wusste.

Er lockerte seine Hand und Saul zog die Waffe heraus und ergriff sie.

"Sehr pünktlicher Freund", beobachtete der "Sheriff" "und diese Gelegenheit hat diese Kröte zumindest für den Moment gerettet, weil er im Schatten nicht bemerkte, dass ich den Revolver in meiner Handfläche versteckt hatte. Ich würde nicht habe ihn schießen lassen, aber so ist es besser, dass kein Lärm entstanden ist.

In diesem Moment näherte sich jemand der Gruppe. Der "Sheriff" regte sich und richtete den Revolver auf ihn. Saul aber erkannte seinen Freund und beeilte sich zu warnen:

"Passen Sie auf, Sheriff", es ist mein Freund Robert.

"Teufel! ... Woher kommt es?"

"Von dort. Was passiert ist, dass ich den Korral verlassen habe, fasziniert zu beobachten, dass niemand erschienen ist, um an der Feier teilzunehmen. Mein Freund Gregory wartet darauf, dass ich eine Weile mit mir spiele und dann im Morgengrauen am Ufer des Flusses spazieren gehe.

„Sehr schlau, Freund, aber ich denke, du riskierst besser nicht, zurückzukommen. Hör zu Saulus; meine Kommissare werden in den Büros dieses andere Trio bewachen. Hier sind ein paar Handschellen, lege sie Freund "Freckles" freundlicherweise an und nimm ihn mit den anderen hin. Warte im Büro auf mich, ich werde dich treffen, wenn ich mich mit meinem Freund Gregory unterhalten habe. Ich werde sehen, wie ich die Nacht ein wenig verbittere.

Saúl nickte und mit Handschellen dem gefährlichen Unerwünschten gefesselt, zwangen sie ihn, nach vorne zu gehen, indem sie den "Colt" an den Seiten anbrachten, um zu warnen, was sein könnte, zu spielen, wenn er versuchte wegzulaufen.

Der "Sheriff", ruhiger, als er wusste, dass Robert in Sicherheit war, betrat schließlich die Bar. Jetzt konnte sie sich völlig frei bewegen, ohne Angst um das Leben anderer zu haben.

Gregory wirkte etwas nervös. Er betrachtete mit Interesse die Tür zum Gehege und schien langsam ungeduldig über die lange Abwesenheit des Ranchers zu werden.

Das Eintreten des "Sheriffs" machte ihn nur nervös. Es war nicht verwunderlich, dass er nachts diese turbulenten Orte besuchte, aber der Moment war so kritisch, dass sein Instinkt ihn zu warnen schien, dass sein Betreten der Bar kein Zufall war.

Aber indem er an seine Nervenstärke appellierte, gab er eine Ruhe vor, die er nicht hatte.

„Hallo Gregory!", grüßte der ‚Sheriff' mit einem freundlichen Lächeln." Ich sehe ihn sehr unbeschäftigt und starr.

„Nein danke, ich fühle mich vollkommen wohl.

"Ich feiere es. Es ist sehr seltsam, ihn nicht trinken oder spielen zu sehen.

„Ich warte für einen Moment auf einen Freund, der den Stift betreten hat. Wenn Sie so daran interessiert sind, mich bei etwas zu sehen, was Sie sagen, warten Sie ein wenig und in wenigen Minuten finden Sie mich am Roulette-Tisch.

»Ich wünsche dir viel Glück, Gregory, aber ich fürchte, du spielst heute Abend nicht mit diesem ›Freund' Roulette oder so. Es scheint, dass er sich krank gefühlt hat und beschlossen hat, sich auszuruhen.

Gregory vermutete, dass sich etwas Subtiles um ihn herum schloss und rief regend aus:

"Was bedeutet es?

„Nicht viel, Gregor. Es ist jedoch etwas, das Sie interessieren wird.

Dieser "Freund" von Ihnen ist auch ein Freund von mir. Er ist der Sohn eines Ranchers aus Victoria, der mit einem kleinen Bündel gekommen ist, um es zu verkaufen. Sein Vater schrieb mir mit Ratschlägen, und aus Angst, er könnte in die falschen Hände geraten, sorgte ich dafür, dass man seine Ankunft und seine Bewegungen beobachtete.

„Und ich war enttäuscht zu sehen, dass Sie nicht so schlau sind, wie Sie scheinen, weil Sie das Sprichwort gemacht haben, dass der Mensch das einzige Tier ist, das zweimal über denselben Stein stolpert.

"Weil Sie den Trick wiederholt haben, einen Mann auf die Wiese zu setzen, um die Unachtsamen zu jagen, die kommen, um kleine Bündel zu verkaufen, und dieser Kerl, der diesmal nicht Roger war, weil er verschwunden ist, hat Sie hierher gebracht, um Sie in ihre Klauen, als hätten sie Mr. McClellan vor ein paar Nächten zu ihm gebracht.

Der wütende Gregor regte sich und rief:

„Du bist ein Idiot und dieses Mal hast du kläglich versagt. Es ist wahr, dass sie mir diesen Rancher gebracht haben, wie sie mir andere gebracht haben, aber was hat er sonst noch zu behaupten? Wir haben eine Vereinbarung getroffen, ich habe das Vieh gekauft, ich habe ihm gute Dollar für sein Vieh bezahlt und ihm ist nichts passiert ... Ist es so, dass ich kein Recht habe, einen Weg zu finden, um Geschäfte zu machen, selbst wenn ich es brauche? die Hilfe eines Mannes? Vertrauen?

„Sie haben darauf bestanden, dass ich an Mr. McClellans Unglück teilnahm, das Sie nicht beweisen konnten, und jetzt versuchen Sie, mich für etwas verantwortlich zu machen, das nur in Ihrer Fantasie passiert ist. Glaubst du, ich bin bereit, dir zu erlauben, mich als Zielscheibe für deine Fehler zu nehmen?

"Ich habe nichts getan und es gibt nichts, was Sie mir beweisen können. Andererseits habe ich ihm angezeigt, dass mir einige Rinder gestohlen wurden, die rechtmäßig mir gehörten, und anstatt nach den Dieben zu suchen, verschwendet er kläglich seine Zeit mit der Verbreitung." so krude Netze, die nur dumme Löcher ohne Rechtskraft sind, um mich einzuwickeln ... Bist du so ein Idiot, dass du es nicht wahrhaben willst?

„Wenn dieser Mann in Wahrheit der Sohn eines Freundes ist, der sich mit Ihnen getroffen hat, ist dies meiner Meinung nach ein Beweis dafür, dass ihm nichts passiert ist und dass niemand gegen ihn versucht hat. Wenn Sie es so geplant haben und glauben, im Besitz der Wahrheit zu sein, werden Sie feststellen, dass Sie das größte aller lächerlichen Dinge betreiben. "

„Es ist möglich, Gregory, aber ich fürchte, Sie sind derjenige, der etwas falsch liegt. Ich bin kein Idiot, wie Sie vermuten, und das Netz hat auch keine Löcher, die so weit sind, dass ein Elefant durch sie entkommen kann.

"In diesem Moment habe ich in meinen Büros bereit, ein nettes Gespräch mit mir und den Kommissaren zu führen, die drei Typen, die Sie an der Tür postiert haben, die darauf warten, dass mein Freund geht, und auch undna "The Freckles", die anscheinend kommen draußen, um sich mit ihnen zu treffen, um ihnen Anweisungen zu geben.Die vier sind dort an einem sicheren Ort, jetzt werden wir viele Dinge klären, denen Sie bis jetzt die große Fähigkeit und das große Glück hatten, auszuweichen.

„Ich habe dich gewarnt, dass ich kein Mann bin, der aufgibt, und ich werde es dir beweisen. Wenn ich falsch lag, bin ich bereit, es zuzugeben, mich als Verleumder strafrechtlich verfolgen zu lassen und den Stern für immer zu verlassen; aber Wenn ich mich nicht irre, werden viele passieren. sehr malerische Dinge. Und wie sich das in der Konfrontation zeigen wird, die wir heute Abend alle in meinen Büros führen werden, lade ich Sie ein, sich mir anzuschließen. Dort werden wir alles klären und einer von uns wird besiegt und der andere siegreich sein.

„Wenn Sie sich also so sicher sind, dass Sie ehrlich gehandelt haben, werden Sie sich als Erste wünschen, dass die Wahrheit scheint und ich abgeschreckt werde. Ich hoffe also, er bettelt nicht und begleitet mich aus freien Stücken . "

Als der "Sheriff" die wahre Situation klärte, erkannte der Raufbold, dass der "Sheriff" diesmal schlauer gewesen war, als er erwartet hatte, und ließ ihn kurz davor stehen, sich den Hals zu quetschen und seine Fantasie arbeitete auf Hochtouren, um nach einem Ausgang zu suchen, der es tat nicht einfach sehen, weil das Netz zu dicht war.

Und aus Angst, dass seine triumphale Karriere im Raubüberfall auf tragische Weise zu Ende gehen könnte, fasste er, wie es „El Pecas" zuvor versucht hatte, einen drastischen Vorsatz.

Er ließ sich nicht wie ein sanftmütiges Lamm mitnehmen und einsperren und zog es vor, sich allem auszusetzen, um ein Schlupfloch zu finden, durch das er entkommen konnte. Er würde die Tragischsten ansprechen, selbst wenn es ihn dazu zwang, San Antonio zu Pferd zu verlassen und an einem anderen weniger exponierten Ort Zuflucht zu suchen.

Aber er vermutete, dass der "Sheriff" aufmerksam war und es nicht leicht sein würde, ihn zu überraschen, seine Reaktion zu verbergen und ohne die Züge seines Pokerfaces im geringsten zu verändern, rief er aus:

Warum nicht Sheriff? Ich bin bereit, mich diesem Test zu unterziehen, um zu zeigen, dass Sie in Ihrer Fantasie zu weit gegangen sind.

„Darf ich in diesem Fall Ihren Revolver übernehmen, bevor wir ausgehen? Ich mag es nicht, mit einem Mann im Schatten zu laufen, der einen "Colt" an seiner Seite hat und ihn so schnell wie möglich benutzen kann.

„Also gut. Soll ich es dir geben? Entfernst du es lieber selbst oder lässt es jemand für dich erledigen? Ich akzeptiere, was du musst, um dir noch einmal zu beweisen, dass du falsch liegst.

Der "Sheriff" zögerte einen Moment. Er war überzeugt, dass Gregor nicht bereit sein würde, ihn freiwillig zu begleiten, geschweige denn, dass er sich ungestraft entwaffnen lassen würde, und fragte sich, ob er sich zumindest diesmal, als er sich triumphierend glaubte, geirrt hatte; aber entschlossen, bis zum Ende zu gehen, antwortete er:

„Mir wäre es lieber, wenn dir jemand die Waffe wegnimmt, aber versuche keinen Streich zu spielen, denn es wird teuer bezahlt.

„Es wird dir nein zeigen.

Er drehte sich um und hob die Arme. Der Sheriff" signalisierte einem Kunden, dass er derjenige war, der den Revolver von hinten aus dem Gürtel des Raufboldes nahm. Vor dem angespannten Dialog war in der Bar eine beeindruckende Stille erzeugt worden. Niemand, nicht einmal der "Sheriff" selbst, hatte es gewagt, sich dem gefährlichen Unerwünschten zu stellen und die Tatsache, dass diese Situation eingetreten war, ließ sie suspendieren.

Der Kunde zog Gregorys Revolver und reichte ihn dem "Sheriff", der ihn in seine Tasche steckte. Gregory wandte sich dem Gesicht zu.

„Bist du zufrieden?" fragte er trocken.

„Etwas hast du mehr getan, als ich erwartet hatte; aber er hat noch nicht alles gemacht. Komm, mach weiter.

Da geschah das Unerwartete. Gregory, der seinen rechten Arm senkte, hatte einen kleinen Revolver, der in seinem Ärmel verborgen war, durchrutschen lassen, und bevor der "Sheriff" seine wilden Absichten erkennen und weniger aufpassen konnte, schoss er zweimal auf ihn, indem er wie eine Katze von hinten sprang, die Tür zum Korridor zu erobern und durch den Korral zu fliehen, wie Robert geflohen war.

Der "Sheriff" stieß einen Angstschrei aus und legte die Hände in einer Geste des Schmerzes und der Verzweiflung an die Brust, während die Zeugen des Dramas, gelähmt von der unerwarteten Aggression des Raufbolds, nicht gegen ihn reagiert hatten.

Aber als sie es versuchten, war es zu spät, denn Gregory verschwand mit voller Geschwindigkeit und nachdem er die Tür des Korrals offen vorgefunden hatte. Einige gingen, um dem "Sheriff" zu helfen. Dieser versuchte, ganz zu bleiben, und rief:

„Bitte, einer von Ihnen rennt in mein Büro und sieht meine Kommissare, die da sind! Lassen Sie sie nach diesem verräterischen Schakal suchen und geben Sie nicht auf, bis sie ihn mit Kugeln durchsiebt haben!

Mangels Kraft brach er zusammen und unter mehreren trugen sie ihn, nachdem sie Taschentücher auf die Wunden gelegt hatten, um die Blutung einzudämmen, und machten sich eilig auf die Suche nach dem nächsten Arzt.

Um den Auftrag des "Sheriffs" zu erfüllen, rannte einer der Kunden zu den Büros, wo die beiden Kommissare, Saúl und Robert, ungeduldig auf die Rückkehr des "Sheriffs" warteten.

Vorsorglich wurden die Häftlinge in Käfige gesperrt. Es gab zu vier Arten dieser Gefährlichkeit, um keine Vorsichtsmaßnahmen zu treffen.

Und sie warteten ungeduldig auf die Rückkehr des "Sheriffs". Obwohl sie zäh und mutig schmeckten, verspürten sie ein gewisses Unbehagen, denn wenn man Gregory kannte, musste man eine wilde Reaktion in ihm befürchten, wenn er sich in unmittelbarer Gefahr sah.

Gregory, der Feuer aus seinen Augen warf, rannte schnell zu "The Silver Dollar", wo in diesem Moment der Rest seiner Männer sein sollte.

Die Bande war geschrumpft, weil Gregory Roger und alle anderen, die an dem Scheinkampf teilgenommen hatten, in der Nacht, in der McClellan verwundet wurde, vorsichtig aus San Antonio geschickt hatte.

Aber er hatte noch fünf Männer dort. Die anderen vier befanden sich in den Büros des inhaftierten "Sheriffs". Mit einem herrischen Signal zwang er sie auf die Straße und als sie draußen waren, brüllte er:

„Es ist an der Zeit, alles auf einer Karte zu riskieren. Der "Sheriff" hatte mich heute Abend arrangiert und hatte einen Anteil am Erfolg. Er hat "El Pecas" und drei andere in seinen Büros festgenommen und beabsichtigte, mich zu verhaften. Ich habe ihn in "El Caballo Salvaje" mit zwei Schüssen niedergeschlagen und da wir ihn nicht mehr verspotten können, müssen wir die entscheidende Schlacht schlagen. Entweder er oder wir.

„Aus diesem Grund habe ich beschlossen, dass wir die Büros durchsuchen und unseren Unternehmen Freiheit geben. – Eros. Allí Ich denke, es sind nur die beiden Kommissare und zwei Männer für sechs wie wir sind sehr wenige.

„Wenn der ‚Sheriff' tödlich verwundet wurde, wie es mir scheint, und wir die beiden Kommissare eliminieren, haben wir die Situation unter Kontrolle. Diejenigen, die nach Austin gegangen sind, bringe ich sofort mit und wir werden sehen, ob sich nach dem Unterricht jemand traut, den Stern zu nehmen und wieder vor uns zu stehen. Bist du mit meinem Plan zufrieden? "

Alle nickten. Sie waren nicht sehr glücklich, Schüsse mit Autorität zu begegnen, da es extrem gefährlich war, aber wenn Gregory den "Sheriff" ausgeschaltet hatte, gab es keine andere Wahl, als weiterzuziehen oder zu fliehen und San Antonio zu verlassen, bevor sie in eine Razzia gerieten . drastisch.

„Nun, lass uns gehen", sagte Gregory entschlossen. Alles ging so schnell, dass ich sicher bin, dass die Nachricht die Kommissare noch nicht erreicht hat. Sie werden sich schnell um den "Sheriff" kümmern und den Rest vergessen, abgesehen davon, dass sie Angst vor uns haben und niemand vor uns stehen will. Wir werden Kommissare unvorbereitet erwischen und sie leicht töten.

Sie hielten sich an den Wänden fest, um unbemerkt und in einer entfernten Reihe zu bleiben, und gingen auf die Stelle zu, an der sich die Büros befanden. Wenn niemand durch das Schließen der Tür Vorkehrungen getroffen hätte, würden sie überraschend eintreten und wenn sie den Angriff realisieren wollten, wäre es zu spät, um das tragische Ende zu verhindern.

Aber obwohl Gregory schnell manövriert hatte, hatte er nicht verhindern können, dass die Nachricht an die Kommissare gelangte, und so befand sich der Kunde von "El Caballo Salvaje" bereits darin, als sie sich den Büros näherten, der für die den Kommissaren Bescheid geben.

KAPITEL X

DAS ENDE DES PUGNA

Die Person, die dafür verantwortlich war, den Stewards die Tragödie mitzuteilen, sprach nervös und erschöpft vom Rennen und beide Stewards, Saúl und Robert, knirschten vor Wut mit den Zähnen, als sie über Gregorys Feigheit nachdachten.

"Man hat sich bis zum Hals geschlagen und hat alles aufs Spiel gesetzt", kommentierte Robert. Jetzt ist die Frage, wo er ist und wie viele Leute er unter seinem Kommando hat, denn er wird alle seine Satelliten in den Kampf starten, da er alles verloren hat.

"Und was die Bitte des "Sheriffs" angeht, diesen Geier zu verfolgen, halte ich es für falsch, denn wenn Sie dies mit vier Schurken in den Käfigen lassen, kann es passieren, dass sie, wenn sie es bemerken, zu sich kommen Befreie sie und es wird schlimmer für dich. Jetzt sind die Kommissare die direktesten Feinde und sie werden versuchen, sie um jeden Preis zu eliminieren.

"Was können wir tun? Fragte einer der Stellvertreter des Sheriffs. Wir haben einen Befehl erhalten und ...

„Ein Befehl, der zu einer Zeit erteilt wurde, als sein Kopf darin bestand, über bestimmte Dinge nicht nachzudenken. Er wollte Gregory für seine Schurkerei bezahlen, aber er konnte nicht ruhig über die Konsequenzen nachdenken. Meiner Meinung nach lässt sich alles harmonisieren, denn sowohl mein Freund Saúl als auch ich schließen uns seiner Seite an und sind bereit, uns dem Dargestellten zu stellen.

"Und eine praktikable Lösung ist, dass mein Freund Saúl, der nicht weit von hier drei Bauern hat, die auf seine Befehle warten, sofort nach ihnen sucht und sofort mit ihnen hierher kommt. Dann werden wir sieben und ein Kommissar darf bei einem bleiben." ... oder zwei Arbeiter und der andere widmen sich mit uns der Jagd und dem Fangen dieses Schweins ... Wenn jemand eine bessere Idee hat, soll er sie vorbringen. "

Alle hielten den Plan für ausgezeichnet und Saúl verließ ohne Zeitverlust die Büros und rannte los, um nach seinen Arbeitern zu suchen, die am Stadtrand auf den Befehl warteten, das Bündel zu übernehmen und die Rückfahrt zur Ranch anzutreten. denn der Plan des Sauls war, "bevor alles auf den Kopf gestellt wurde", mit den Hörnern zu fliehen, sobald Robert den Betrag eingesammelt hatte und das Unerwünschte wieder aus der Schleife zu lassen.

Nun war dies in solch kritischen Momenten nicht mehr möglich, aber seine Bauern könnten ein großes Gegengewicht sein, um Gregory zu eliminieren.

Saúl hatte Glück und verließ das Büro fünf Minuten bevor Gregory und seine Geier sich ihnen näherten, um sie anzugreifen. Wäre er etwas zu spät gekommen, hätten sie ihn gejagt, indem sie ihn heimtückisch erschossen.

Und so kam Gregory, während der kühne Vorarbeiter nach Verstärkung eilte, gefährlich nah an die Büros heran, bereit, sie überraschend zu stürmen.

Aber der Raufbold hatte nicht mit dem Scharfsinn von Robert gerechnet, der, sobald sein Freund herauskam, andeutete:

„Ich denke, es ist besser, die Tür fest zu schließen und aufmerksam zu sein, was passieren kann, bis Saúl zurückkehrt. Niemand kennt die verzweifelten Pläne des Kerls, der einen Millimeter von einer Revolverkugel oder einen Fuß von einer Hanfkrawatte kennt. Hier sind vier Männer, die Ihnen im Kampf gegen uns sehr nützlich sein könnten, und Sie könnten versucht sein, ihn so gut wie möglich zu holen.

Roberts Warnung beeindruckte die beiden Kommissare, die beschlossen, dem Rat zu folgen und die Tür zu schlossen, indem sie die innere Eisenstange an die Steckdose weiterreichten, die sie aufnahm, um der Unverletzlichkeit des Hauses mehr Sicherheit zu geben.

Die Entscheidung war sehr günstig, denn wenige Minuten später trafen die Angreifer schweigend, an die Wände geklebt, vor der Bürotür ein.

Robert hatte einen Kommissar angewiesen, hinter der Tür zu bleiben und auf jedes Geräusch zu achten, und da es im Büro ein Fenster mit Blick auf den Platz gab, konnten sie von dort aus Saúl und seine Männer ankommen sehen.

Als zusätzliche Vorsichtsmaßnahme ordnete er an, die Lampe in das nächste Zimmer zu bringen. Draußen war gutes Mondlicht und es war am besten, drinnen im Schatten zu bleiben. Gregory war es, der, angespannt, starr, den Revolver mit wilder Entschlossenheit haltend, als erster zur Tür ging und um sie herum tastete; die Klinge gab keinen Millimeter nach, was darauf hindeutete, dass sie sich von innen geschlossen hatte.

Er musste sich auf die Lippe beißen, um den Fluch, der über sie kam, nicht loszulassen. Der Rückschlag war gravierend, denn er verhinderte nicht nur Überraschungen, sondern es war auch nicht leicht, mit Gewalt einzubrechen.

Das leise Geräusch, das er machte, als er die Tür mehrmals betastete, falls sie nachgeben sollte, wurde vom Kommissar aufgefangen, der beeilte, die anderen über seine Entdeckung zu informieren. Robert, angespannt, kommentierte:

„Ich war ein bisschen Wahrsager und feiere es. Ich denke, wenn es machbar wäre, könnten wir versuchen, jedem eine kleine Überraschung zu bereiten.

"Wie?

„Ihnen nicht die Tür zu öffnen und sie hereinzuladen. Das wäre töricht, denn wir wissen nicht, wie viele allein versuchen, uns zu besuchen. Aber ... ich werde sehen, ob ich die Jagd erhöhe und wir herausfinden, wie viele Geier ihre Pfoten vor der Tür gelandet haben.

Da die Büros im Schatten lagen, näherte sich Robert heimlich den Fenstergittern und da er niemanden sehen konnte, streckte er den Arm zwischen zwei Gitterstäben aus, drehte ihn in Richtung Tür und feuerte zweimal hintereinander, wobei er schnell die Waffe herauszog. Arm.

Ein lautes Schmerzensschrei, gefolgt von einem Chor heiserer Flüche, entlarvte die Angreifer. Sie konnten das Inkognito nicht länger behalten, weil sie entdeckt worden waren.

Sofort war ein nährendes Vibrieren von Schüssen die Reaktion auf die kühne Tat des Bauern, und die Kugeln durchschlugen die Gitterstäbe.

Robert, der alle angewiesen hatte, sich auf den Boden zu fallen, um zu verhindern, dass sie von einer Kugel getroffen werden, wenn sie von vorne feuern, lächelte amüsiert.

„Ich würde schwören, dass es sechs oder sieben sind, gemessen an den Schüssen, die sie abgefeuert haben. Keine zu vernachlässigende Kraft, wenn sie uns überrascht hätten.

Sofort gab es neue Knaller und diesmal schauten sie nicht am Fenster vorbei, sondern die Projektile drangen gerade, aber hoch ein und gruben sich in die Grenzmauer ein.

Die Angreifer, die es aufgegeben hatten, die Tür zu erzwingen, hatten sich von ihr zurückgezogen, um vor den Büros zu stehen, in der Hoffnung, die Verteidiger zu erreichen, indem sie die Kugeln durch das Fenster schossen.

Aber der Versuch blieb erfolglos, denn niemand wollte das Ziel der Schüsse sein.

Im Gegenteil, Robert und die beiden Kommissare näherten sich auf den Knien der Fensteröffnung und legten, ohne herauszusehen, ihre Revolver auf den Sims und feuerten einen Fächer ein, in der Hoffnung, jemanden zu überraschen.

Sie hörten keine Schmerzensschreie mehr, aber Gregory und seine Männer hatten sich, überrascht und mit einem ernsthaften Killer, von der gefährlichen Stelle zurückgezogen und versuchten, vor den im Schatten auf sie abgefeuerten Schüssen in Deckung zu gehen.

Aber wütend konzentrierten sie ihre Feuer auf das Fenster, und die Geschosse regneten dagegen, durchdrangen die Eisen und nagelten sich beharrlich in die Vorderseite der Parea.

"Sie werden am Ende die Trennwand einreißen, ohne eine Spitzhacke zu brauchen", kommentierte Robert scherzhaft. Wenn das vorbei ist, wird es wie ein Sieb aussehen.

Mehrere Minuten lang war das Schießen intensiv. Die Belagerten nutzten ihre Taktik, in der Nähe des Rahmens zu feuern, ohne gesehen zu werden, aber das Blei verschwendet vergeblich.

„Lasst sie diejenigen sein, die ihre Munition verbrauchen. Sie haben ihre Maße genommen und es wird nicht mehr leicht sein, sie zu überraschen.

„Ja, aber was passiert, wenn dein Freund zurückkommt?

„Wenn sie nicht aufhören zu schießen, dient dies als Warnung, und wenn sie aufhören, werden wir diejenigen sein, die mit Bedacht schießen, um sie zu warnen.

Gregory, verzweifelt am Versagen, befahl, das Schießen einzustellen, und dann rief er mit Donnerstimme:

„Kommissare, wenn Sie sich entscheiden zu gehen, verspreche ich Ihnen, dass wir Sie gehen lassen, ohne Ihnen Schaden zuzufügen. Wenn Sie darauf bestehen, dort zu bleiben, machen Sie sich bereit, denn ich werde das Gebäude in Brand stecken und niemanden lebend herauslassen.

Robert, ohne hinauszusehen, war dafür verantwortlich zu antworten:

"Sei nicht blufforn, Gregory. Du hast nicht den Mut, nahe an einen Schuss zu kommen, denn wir werden dich lebendig rösten. Um Feuer zu legen, musst du dein Gesicht zeigen wie ein tapferer Mann und du ... sind ein verdammter Feigling.

Gregory warf bei der Beleidigung seinen Revolver gegen das Fenster, aber ohne Erfolg.

„Warum kommst du nicht raus und erzählst mir das hier? Er brüllte.

Â»Weil ich MÃ¶rdern nicht streitig mache. Du verdienst es, an einem Baum hängend zu sterben, und ein weiterer Tod wäre zu edel für dich.

Roberts Worte endeten damit, den Zorn des Raufboldes zu entfachen, der wütend bis zum Anfall schrie:

„Dieses Schakalnest muss angezündet werden, sonst haben wir nichts erreicht. Sie müssen sich beeilen, denn wenn jemand reagiert und sich auf die Seite des "Sheriffs" stellt, haben wir das Spiel verloren.

Aber es war nicht dasselbe, es zu sagen, als es auszuführen. Sich den Büros zu nähern, hieß, sich einem Sarg zu widersetzen, und niemand schien bereit zu sein, einen so engen Raum zu betreten. Schließlich wagte man es anzudeuten:

„Vielleicht kann man etwas von hinten ausprobieren. Da ist die Hürde, und wenn sie nicht auf beide Fronten eingehen können, wird etwas erreicht.

„Nun, gehen Sie zwei vor, um zu sehen, was getan werden kann. In der Zwischenzeit werden wir diese Kröten ablenken.

Und um dies zu erreichen, bereiteten sie sich darauf vor, weiterhin nutzlos Projektile zu verwenden.

Inzwischen war Saúl so weit gerannt, wie er konnte, bis er das Dorf verließ und Kontakt zu seinen Peons aufgenommen hatte, die wegen seiner Verzögerung bereits nervös waren.

Saúl informierte sie schnell über das Geschehene und lud sie ein, sich den Kommissaren bei der Suche nach Gregory anzuschließen. Die Bauern zögerten nicht, den Plan zu unterstützen.

Da Saul ohne Pferd gegangen war, bestieg er ein Bauernpferd, und die vier eilten in die Büros. Aber lange bevor sie sie erreichten, hörten sie das Geklapper der "Colts" und Saúl, nervös, brüllte:

„Bei den Nägeln des Kreuzes! … Sie müssen die Büros stürmen. Schnell!

Sie rückten weiter vor, aber bevor er den Platz betrat, hielt Saúl seine Männer auf, stieg ab und spähte, als er sich den Fassaden näherte, diskret auf den Platz. Die Detonationen brachen von der Grenze aus und wurden von den Büros beantwortet. Saúl, nachdem er die Situation studiert hatte, trat zurück, um zu befehlen;

„Ich bleibe hier und du drehst dich um und jeder von euch kommt durch eine der Kreuzungen, die zum Platz führen. Beeilen Sie sich, denn in fünf Minuten werde ich das Signal zum Angriff geben, indem ich einen Schuss abfeuere.

Die Peones gehorchten und Saúl, der sich hinlegte, um besser unauffällig zu sein, wartete und zählte die Minuten. Und er wollte gerade das Signal geben, als er zwei Pakete entdeckte, die, um den Platz zu umzingeln, sich vor der Straßenöffnung kreuzten, wo sie überfallen worden waren. Saul zögerte keinen Augenblick. Zwei niedergeschlagene Feinde würden zwei wichtige Verluste des Feindes bedeuten, und er streckte seinen Arm aus und feuerte viermal auf sie.

Keiner schaffte es, die gegenüberliegende Ecke zu erreichen und beide fielen sich zwischen Schmerzensschreien windend nieder.

Der unerwartete Angriff überraschte Gregory und seine verbliebenen Männer und für einen Moment wussten sie nicht, was sie tun sollten. Als sie jedoch zu reagieren versuchten, brachen drei Männer zu Pferd von drei verschiedenen Stellen in den Platz ein und schossen auf die Bürogrenzen.

Die Wirkung war verheerend. Die Angreifer, die befürchteten, von einer überlegenen Streitmacht angegriffen zu werden, versuchten zu fliehen; aber die Ausgänge waren verschlossen, und einige Minuten lang entbrannte ein heftiger Kampf, bei dem Revolver auf tragische Weise donnerten.

Saúl, der keinem anderen Feind gegenüberstand, näherte sich mit lauter Stimme:

„Robert, mach schon, sie gehören uns!

Dieser Anruf entschied den Kampf. Robert stürmte mit den beiden Kommissaren wütend auf den Platz, es gab keine Möglichkeit mehr, dass einer der Angreifer entkommen konnte.

Gregory, der es geschafft hatte, die Mitte des Platzes zu erreichen, um durch die Grenze zu fliehen, fand sich zwischen mehreren Kreuzfeuern wieder und war wütend, entschlossen, sein Leben teuer zu verkaufen, warf sich zu Boden und begann auf verrückte Weise zu schießen , versuchend, einen seiner Feinde zu erreichen.

Aber sein tapferer Widerstand war knapp und kurz. Eine Reihe von Schüssen, die im silbernen Licht des Mondes nach ihm suchten, durchbohrten sein Fleisch und er schrumpfte mit dem Revolver fest, aber nicht mehr stark genug, um zu feuern.

Minuten später herrschte auf dem Platz eine tragische Stille. Kein einziger von Gregorys Bande hatte die tödliche Umzingelung überlebt, und ihre Leichen lagen in verschiedenen grotesken Haltungen auf dem Platz.

Als Saúl sich mit seinem Freund und den Kommissaren traf, war das Drama vorbei und die Bedrohung durch diesen furchterregenden Räuber und Schützen war für immer ausgelöscht.

Die Kommissare überließen Robert und die Arbeiter den Gefangenen und machten sich schnell auf den Weg nach "El Caballo Salvaje", um nach Neuigkeiten zu suchen, um den Status des "Sheriffs" und seinen Aufenthaltsort zu erfahren. Ihnen wurde gesagt, dass er sich beim nächsten Arzt getroffen hatte und sie gingen.

Dem "Sheriff" war zweimal in die Brust geschossen worden, aber einer war irrelevant. Die Kugel war mit dem Stern kollidiert, abgelenkt und hatte ihn nur gebissen.

Die andere Wunde war ernster, aber nachdem sie verheilt war, versicherte der Arzt, dass sie nicht tödlich war. Es würde drei Wochen dauern, um zu heilen, aber es würde aus der Trance herauskommen. Der steinharte "Sheriff" hatte die Kuren überstanden und verlor nicht das Bewusstsein. Als der Arzt schließlich die Anwesenheit der beiden Kommissare ankündigte, um die Schmerzen zu überwinden, fragte er:

"Was und tra newsandis? dauert es so lange, Cormo habandis?

„Die Nachrichten können nicht besser sein, Boss. Gregory und all die nützlichen Männer, die er hier hatte, sind vor einer Viertelstunde gestorben.

„Wie? Hast du ihn endlich gefunden?

„Nein, er hat uns gesucht und das war sein Untergang.

Ein Kommissar informierte den "Sheriff" ausführlich über alles, was passiert war und über das Eingreifen von Robert und seinen Bauern. Zufrieden kommentierte der Sheriff:

Â»Es war eine Hilfe der Vorsehung, und ich muss diesen MÃ¤nnern die Tricks verzeihen, die sie benutzten, um Gregory aus einem Zug zu holen. ñado de dorlares. Schließlich haben sie es sich verdient, für das, was sie ausgesetzt haben. Dank ihnen haben wir die gefährlichste Geierbande eliminiert, die sich mitten auf der Route niedergelassen hatte.

Suchen Sie jetzt einen Karren und versuchen Sie, mich zu meinem Haus zu bringen. Dort fühle ich mich besser und kann vorschlagen, was zu tun ist, wenn noch etwas zu tun ist.

* * *

Als Robert und Saúl am nächsten Tag den "Sheriff" besuchten, um sich nach seinem Zustand zu erkundigen, sagte der Verwundete mit Händeschütteln:

„Ich bin ihnen sehr dankbar für die Hilfe, die sie meinen Kommissaren gegeben haben, und für das Risiko, das sie eingegangen sind, um zur Vernichtung dieser gefährlichen Bande beizutragen. Und da ich mich irgendwie bei Ihnen erwidern möchte, werde ich Mr. McClellan helfen, sein Problem zu lösen. Vergessen wir die Handvoll Dollar, die Sie Gregory mit der Falle abgenommen haben, die Sie ihm gestellt haben, und reden wir über den Haufen, den Sie zum Verkauf mitgebracht haben.

„Sie werden eine bestimmte Person ansprechen, der ich sie empfehlen werde. Ich weiß, dass er für mich und dankbar, dass wir geholfen haben, Gregory verschwinden zu lassen, der einst am Diebstahl eines verschwundenen Bündels beteiligt war, kein Problem haben wird, das Vieh zu kaufen. Er ist ein ehrlicher Händler, den Gregory mit dem Trick aus dem Geschäft genommen hat, den Willen der Angekommenen zu erobern.

„Mit diesem Verkauf haben Sie die harte Mission, die Sie sich selbst gestellt haben, glücklich erfüllt und Ihr Arbeitgeber rettet Ihre finanzielle Not, indem er den Verkaufserlös einsammelt.

„Was Sie betrifft, Freund Robert, ich weiß, dass Sie sofort nach Abilene aufbrechen werden.

Beide dankten dem „Sheriff" für die Hilfe und am selben Tag kontaktierte Saúl den Händler, der die Bullen zum Preis von zehn Dollar kaufte. Dies befriedigte Saúl enorm, denn nun konnte er seinem Arbeitgeber alle Informationen mitteilen. Odyssee geschah, weil sie ihn verletzten und ihn über das Geld beruhigen, das so notwendig war, um seine finanzielle Situation zu retten.

Noch am selben Tag, bevor Saul seinen Arbeitgeber besuchte, traf er sich mit Robert und seinen Arbeitern, um die Verteilung der neuntausend Dollar auszuarbeiten, die Gregory gegeben hatte. Robert musste seinen Marsch nach Abilene vorrücken, da der Zug gerade eingetroffen war, dem er sich wie verabredet anschließen sollte.

Saúl verstand, dass er Robert fünftausend Dollar und die anderen viertausend Dollar geben musste, um sie dem Rancher als Entschädigung für die erlittene Verletzung zu geben. Aber Robert lehnte den Vorschlag ab und sagte:

„Das ist nicht fair, Saul. Wir beide haben unser Bestes getan, um einen erfolgreichen Abschluss zu erreichen, und so gut wie ich und meine Bauern, Ihre haben es. Daher schlage ich vor, die Hälfte wie vereinbart zu teilen und, da wir interveniert haben, neun, manche mehr und andere weniger, aber jeder hat seinen Auftrag erfüllt, wir verteilen fünfhundert Dollar; zweitausendfünfhundert für mich und meine Gefährten und zweitausend für dich und deine drei Bauern. Entweder wird es so verteilt, oder ich werfe das Geld in den Fluss.

Saúl musste die Formel akzeptieren und das Geld wurde wie von Robert vorgeschlagen verteilt.

Saúl trennte sich von allen, um ins Krankenhaus zu gehen, um seinen Arbeitgeber zu sehen. Er war seit zwei Tagen nicht mehr dort gewesen, und McClellan vermutete, dass er nervös und besorgt über seine Abwesenheit war.

Und so war es auch, denn der Rancher, der sich von seiner Wunde merklich erholte, konnte sich das Verhalten seines Vorarbeiters nicht erklären, sondern hatte dort nichts zu tun, sondern auf seine Entlassung aus dem Krankenhaus zu warten.

Aus diesem Grund tadelte er, sobald er ihn im Raum erscheinen sah:

"Es gibt kein Recht, Saúl ... Zwei Tage, ohne hier zu erscheinen ... Du wirst mir nicht sagen, dass dir etwas passiert ist, das dich daran gehindert hat ...

„Nun ja, Chef; Es sind viele Dinge passiert, die Sie ignorieren, wie andere passiert sind, als Sie verletzt wurden, und es war nicht die Zeit oder Gelegenheit, sie Ihnen zu offenbaren, weil sie dann düster und nicht angenehm für Sie und für alle waren.

„Zum Glück hat sich in wenigen Stunden das Panorama geändert und jetzt ist alles glücklich und großartig für dich und für mich, die sehr bittere Stunden verbracht haben, ohne dass du es ahnen würdest.

Der Viehzüchter fragte steif:

„Möchtest du dich erklären, Saúl?

"Ja, Chef. Ich werde Ihnen alles erzählen und Sie werden verstehen, warum Sie ein wenig vernachlässigt wurden.

Saúl berichtete ihm von allem, was passiert war, von dem Moment an, als er absichtlich verletzt wurde, um sein Geld zu stehlen, bis zum Tod von Gregory und seiner Bande. Der Rancher hörte ihm mit großen Augen und einem erstaunten Gesichtsausdruck zu, denn er ahnte noch lange nicht, dass er in eine Falle getappt war und dabei sein Leben, Vieh und Geld verlieren würde.

„Was für ein Schurke! Er „brüllte." Und zu denken, dass ich dachte, es sei alles ein unglücklicher Zufall! ... Mein Gott! ... Was wäre mit mir passiert, wenn ich das Vieh und das Geld verloren hätte? ... Wenn ich nur daran denke, öffnet sich mein Fleisch.

„Deshalb wollte ich ihm nichts sagen und habe ihn angelogen, indem ich versichert habe, dass das Geld im Besitz des Sheriffs sei. „Es hätte deine Existenz verbittert, ohne dass du etwas dagegen tun konntest und ich wäre nervöser für dich gewesen.

"Ich hatte mir vorgenommen, das Geld irgendwie zurückzubekommen, und fühlte mich in der Lage, Gregory selbst auszurauben und das Geld aus seiner Brieftasche zu schießen.

„Das war besser. Ich habe dem "Sheriff" geholfen, ein ernstes Problem zu lösen, und Sie haben, abgesehen von der Verletzung, wegen der zehntausend Dollar aus dem Verkauf des Viehs gewonnen, Sie erhalten viertausendfünfhundert Entschädigung. "

„Warum habe ich sonst nichts getan? Diese viertausendfünfhundert Dollar gehören Ihnen; Sie haben sie verdient, indem Sie sich ausgesetzt haben, um meine Interessen zu retten, und es ist nur fair, dass sie für Sie sind. Ich habe mein Geld gespart und ich habe genug.

„Ich habe fünfhundert in der Besetzung meines Freundes Robert.

„Nun, mit denen hast du fünftausend.

„Und wofür will ich diesen Betrag?

"Also? Es ist eine schöne Summe, wenn Sie sich Sorgen machen müssen, ein Zuhause zu gründen. Sie sind in dem Alter, Sie sind ein gutaussehender, formeller, ernster, loyaler und anständiger Junge, und diese Eigenschaften haben einen sehr hohen Wert, wenn" Sie denken darüber nach, ein Haus zu gründen, dass es an der Zeit ist, darüber nachzudenken.

Saúl senkte den Kopf, um die Verlegenheit zu verbergen, die ihm die Worte seines Arbeitgebers bereitet hatten. Die Erinnerung an Barbara war ihm mit überwältigender Kraft in den Sinn gekommen, und ein nervöses Zittern packte ihn. Um seine Verlegenheit zu verbergen, antwortete er ausweichend:

„Irgendwann muss ich darüber nachdenken, Chef, aber ich bin sehr wenig für die Frau, von der ich träume, und wenn das Unmögliche nicht in der Hand liegt, ist es besser, es zu vergessen und zu warten, bis etwas ein anderes Mal kommt.

„Teufel! Bist du jetzt gierig geworden, Saul?

„Das war ich nie, Boss. Mein Ehrgeiz in diesem Sinne ist nur sentimental. Ich strebe die Frau an, die für fähig hält, mich glücklich zu machen, und ich sie; Nichts anderes ist mir wichtig, aber manchmal kann diese Frau zu groß sein und dann wird alles zum Traum.

"Nun gut, seien Sie nicht pessimistisch! Wenn sich die Situation stabilisiert und Sie mehr verdienen und sogar einen Teil der Leistungen genießen können, dann haben Sie in diesem Fall die Distanz verkürzt. Sparen Sie vorerst Ihr Geld und sparen Sie bei es nur für den fall.

„Wenn Sie es so wollen, werde ich es tun, Boss. Und jetzt sagen Sie mir, was der Arzt von Ihrer Wunde hält.

„Der Arzt sagt, dass ich eine Stierinkarnation habe und dass ich in drei Tagen hier raus kann, obwohl sie mich von Zeit zu Zeit heilen. Die Wunde heilt sehr gut und ich fühle mich stark.

„Also werde ich in drei Tagen alles vorbereiten und wir werden sofort abreisen. Hier haben wir nichts zu tun.

Robert ging mit seinem auf dem Weg nach Abilene. Gefährten und Saúl marschierten, um sie zu verabschieden, und umarmten alle liebevoll.

„Viel Glück Robert", wünschte sie ihm.

„Ich hoffe, sie zu haben, Saúl, und wenn ja, verspreche ich, dir diesen Winter einen Besuch abzustatten, wenn die Route endet.

„Ich werde Ihnen danken und wenn sich die Dinge geändert haben und Arbeiter auf der Ranch des Chefs gebraucht werden, wäre es für mich eine Freude, bei uns zu bleiben.

„Die Zeit wird es zeigen, Saul.

Drei Tage später wurde er, wie McClellan angegeben hatte, freigelassen und zum Verlassen des Krankenhauses freigegeben. Saúl hatte damals den "Sheriff" besucht, der ihm Details mitteilte, die ihm gefielen. Eine davon war die Erklärung seiner Gefangenen. Sie waren alle gezwungen gewesen, ihre Stimme zu erheben, und um ihre Verantwortung so gut wie möglich zu schonen, gaben sie Gregory die Schuld und deckten alle seine Raubüberfälle auf. Sie lieferten auch die Kontaktdaten derjenigen, die nach dem McClellan-Angriff geflohen waren. Sie waren in Austin und der "Sheriff" telegrafierte dorthin, damit sie verhaftet und wie der Rest der Bande vor Gericht gestellt würden.

An dem Tag, an dem McClellan das Krankenhaus verließ, machte sich Saúl auf die Suche nach ihm. Der Rancher hatte nicht gelogen, als er behauptete, er fühle sich stark und temperamentvoll, um die Reise anzutreten. Aber bevor ich verstand oder was ich dem "Sheriff" besuchen sollte, danken Sie ihm für sein Eingreifen und verabschieden Sie sich von ihm. Der "Sheriff" begrüßte ihn freudig und antwortete dann:

„Nicht mir ist zu danken, sondern seinem Vorarbeiter, der stur, tapfer und klug ist, ich muss sie ihm auch geben und ich gebe sie ihm, denn er ist einer der wenigen Männer, die mir gefallen haben in jeder Weise . Wenn ich verheiratet wäre, hätte ich eine Tochter, ich versichere Ihnen, dass ich ihn nicht entkommen lassen würde, bis ich ihn dazu bringen könnte, sie zu heiraten.

Der Rancher sah ihn einen Moment lang an, als ob seine Worte ihn tief berührten, und sagte dann lächelnd:

„Es ist das beste Kompliment, das Sie einem Mann machen konnten, der mir seit seinem Einzug auf meiner Ranch absolute Treue bewiesen hat. Ich würde ihn auch nie verlieren wollen und ich werde versuchen, dass er sich bei mir so wohl fühlt, dass er nie versucht sein wird, mich im Stich zu lassen.

Und mit dieser etwas rätselhaften Aussage verabschiedete er sich mit einem kräftigen Händedruck vom "Sheriff".

* * *

Die Rückkehr auf die Ranch verlief ohne Zwischenfälle und Barbara, die sich durch die lange Abwesenheit schon sehr beunruhigt fühlte, begrüßte ihren Vater mit einer sehr bewegenden Umarmung.

„Oh Papa, wie lange bist du schon! Ich war nervös und...

„Nun, beruhige dich, wir sind schon hier.

Er befahl Saul, die Peones auf die Weide zu bringen und auf seinen Ruf zu warten. Dann zog er sich mit seiner Tochter ins Eßzimmer zurück, wo er, indem er seinen Hut abnahm, die noch von einem Pflaster bedeckte Wunde freilegte. Erschrocken rief sie aus:

„Großer Gott! ... Was ist mit dir passiert, Dad?

„Keine Sorge, es ist nichts mehr. Es hätte so viel sein können, so viel, dass es dich verwaist und ruiniert hätte, aber Gott ist gut und wacht über die, die auch gut sind.

"Ich glaube jedoch an meine Pflicht, dir die ganze Wahrheit zu sagen, damit du nicht nur sie weißt, sondern auch die Loyalität, Zuneigung und den Mut von Saúl mit all ihrem Mut zu schätzen weißt, ohne die all diese Unglücklichen auf dich fallen könnten. "

Der Rancher berichtete seiner Tochter ausführlich von der gesamten Odyssee, die sie durchgemacht hatten, und von Sauls Zähigkeit und Scharfsinn, zuerst das Vieh zu befreien, um Gregory zu zwingen, wieder für sie zu bezahlen, und wie am Ende die Bande vernichtet worden war und er zurückkehrte. mit zehntausend Dollar gespart dank des schlauen Vorarbeiters.

Das Mädchen hörte ihm fassungslos und mit einem seltsamen Leuchten in den Augen zu. Ihre Neigung zu dem Jungen, mit dem sie als Mädchen gespielt hatte, war groß, und die Tatsache, dass sie zum Wohle ihres Vaters diese Gefahren eingegangen war, entfachte ihre Bewunderung für ihn noch mehr.

Der Rancher, der sie ansah und versuchte, ihre Reaktionen zu erraten, fügte hinzu:

„Und wissen Sie, was mir der ‚Sheriff' über ihn erzählt hat, als ich ging, um ihm zu danken und mich von ihm zu verabschieden?

"Was hat er gesagt?

Was wäre, wenn er verheiratet gewesen wäre und eine gehabt hätte. Tochter, sie hätte ihn nicht gehen lassen, bis er sie heiraten konnte, denn er hätte keinen besseren Ehemann für das Mädchen gefunden als Saul.

Er sah sie direkt an und sie errötete.

Nach einem Moment des Schweigens wagte er es zu fragen:

„Worum geht es in diesem Kommentar, Dad?

"Nun ... als ich ihn hörte, wurde mir klar, dass ich auch eine Tochter habe, für die ich mir einen so idealen Ehemann wie Saúl wünschen würde. Ich werde alt, eines Tages werde ich verschwinden und ... wer könnte besser sein als er Meine Tochter glücklich und kümmert sich um ihr Eigentum Wer in schwierigen Zeiten loyal und desinteressiert mit mir war, könnte nicht als egoistisch gebrandmarkt werden, wenn er irgendwann versuchen würde, die Tochter seines Arbeitgebers zu heiraten.

Barbara, errötet, flüsterte:

„Meinst du, dass du mich darum bittest? ...

„Nein, nein, ich verlange nichts! Oh mein Gott! Ich weise auf eine Möglichkeit hin, die für uns beide glücklich sein könnte. Sie kennen Saúl seit Ihrer Kindheit, Sie haben mit ihm gespielt, Sie haben sich verstanden und kennen ihn genau. Aber das bedeutet nichts, wenn dieses andere Gefühl, das für den Beitritt zu einem Mann unerlässlich ist, nicht existiert.

Was wäre, wenn es existierte?

"Barbara! Bist du wirklich? ...

„Papa. Ich habe Saúl immer gemocht; aber das bedeutet auch nichts, wenn ich für ihn nicht so attraktiv bin, wie es für eine solche Verbindung nötig wäre. Verstehst du das?

„Natürlich verstehe ich das, aber sei verdammt, wenn ich nicht vermutet habe, dass er in dich verliebt ist und große Anstrengungen unternimmt, es zu verbergen. Als ich ihm kürzlich die Dollars gab, die er Gregory abgenommen hatte, und ihm sagte, er solle sie aufheben, wenn er daran dachte, ein Haus zu gründen, sagte er ein paar seltsame Dinge ...

„So etwas wie, wenn er an jemanden denkt, der über ihm steht, und ich vermute, dass in seinen Worten etwas verborgen ist, das Sie berührt. Ich will dich nicht verletzen und würde ihn auch nicht verletzen, aber für mich wäre es eine große Genugtuung, dich mit einem guten Mann verheiratet zu sehen und zu wissen, dass du, wenn ich eines

Tages abwesend bin, jemanden haben würde, der auf dich aufpasst und mach dich so glücklich, wie du es verdienst.

„Danke, Daddy", sagte sie und umarmte ihn bewegt. Ich weiß sicherlich nicht, was Saul denken wird, obwohl ich manchmal vermutet habe, dass er in mich verliebt ist. Wenn ja, werden wir sehen, wie er klar spricht, und wenn er mich liebt, verspreche ich Ihnen, dass ich mich genauso glücklich betrachte wie Sie und hoffe, dass er genauso glücklich ist wie Sie beide.

* * *

Wenig später rief McClellan Saúl an, um zu sagen:

„Ich habe mich verpflichtet gefühlt, meiner Tochter die ganze Wahrheit zu sagen, und wie Sie sich vorstellen können, sind ihre Emotionen und ihre Dankbarkeit Ihnen gegenüber unendlich. Er hat immer eine sehr ausdrucksstarke Neigung zu Ihnen verspürt, aber wenn etwas fehlte, um es zu betonen, haben Sie es geschafft. Er möchte sich persönlich bei Ihnen bedanken und ... er wartet im Speisesaal auf Sie. Saul betrat zitternd vor Emotionen den Raum. Sie rannte zu ihm, nahm seine Hände und sagte mit bewegtem Akzent:

„Saúl, ich finde keine Worte, um dir für das zu danken, was du für meinen Vater getan hast und, als Ablehnung, für mich. Ich möchte etwas finden, das es mir ermöglicht, es nicht nur zu schätzen, sondern es so zu kompensieren, wie es es verdient.

„Um Gottes Willen, Miss Barbara, sagen Sie das nicht! Mir...

„Saúl, vor langer Zeit hast du mich Barbara genannt und es klang gut in meinem Ohr. Warum hast du dich verändert und behandelst mich jetzt mit dieser Zeremonie?

"Es ist so, dass ... damals waren wir zwei Wesen ohne Vorurteile, aber später ... du bist gewachsen, du bist eine Frau geworden und ich ... als bescheidener Diener der Ranch musste ich mich in meine Lage versetzen und stelle dich, wo es entsprach Ich schätze sie zu sehr, um Fehler zu machen, die ihr wehgetan hätten ... ihr ... Nun, ich weiß nicht, wie ich es ausdrücken soll.

„Mir zu Ehren?

„Ich meinte nicht so viel. Sie sind über jedes Missverständnis erhaben, aber ich ... ich ...

„Sie hatten Angst, dass diese Kindheitsfreundschaft in Ihnen weitergehen könnte, und Sie haben versucht, sich selbst zu bremsen, indem Sie eine Lücke zwischen Ihnen und mir geöffnet haben, nicht wahr?

Er versteifte sich, als er sie hörte und starrte sie an und fragte:

„Muss ich das so gestehen?

„Wenn es wahr ist, warum nicht? Diese Haltung ehrt dich.

Nun, es ist wahr. Ich hatte Angst, von dieser Anziehungskraft mitgerissen zu werden und … ich habe versucht, nicht aus der Reihe zu geraten. Ich hoffe du zensierst mich nicht…

„Wovor hattest du Angst? Dass mein Vater dich zurückweist?

„Dass du derjenige warst, der mir den Gnadenstoß gegeben hat, indem du meine Füße gestoppt und meine Kühnheit tadelt hast.

„Was wäre, wenn ich mich geirrt hätte? Wenn es nicht so gewesen wäre, was würdest du denken?

Er, errötet von Emotionen, rief aus;

Was meinte Barbara?

„Ich habe dir eine Frage gestellt … Beantworte sie …

"Oh! … Wenn ich gewusst hätte, dass ich falsch lag und die Chance verpasst habe, der glücklichste Mann der Welt zu sein, hätte ich mich als Idiot in den Fluss geworfen.

"In diesem Fall warten Sie, bis es trockener wird und das Wasser nicht Ihren Hals erreicht, um es zu tun.

Saul, der sie hörte, sprang wie eine Katze und packte sie bei den Armen und rief heiser:

„Barbara, bei allen Heiligen! … sagen Sie mir … sagen Sie mir, dass ich diese Worte nicht falsch interpretiert habe und dass Sie … Sie …

"Dummkopf! Alles, was Sie haben, als guter Vorarbeiter haben Sie es leicht, Frauen kennenzulernen. Soll ich etwas Beleidigenderes sagen?

Er zog sie an sich, nahm sie in die Arme und rief mit gebrochener Stimme:

„Ja, erzähl mir mehr, erzähl mir alles, was am meisten beleidigend ist, denn ich verdiene es. Aber später … später, sag mir, dass du mich liebst, wie ich dich liebe, seit der Wunsch, geliebt zu werden, in mir erwacht ist!

Sie antwortete nicht, aber sie küsste ihn auf die Stirn und er erwiderte den Kuss mit einem Geräusch, das den Knall eines „Colt" beneidet hätte.

ENDE